선데이,
블러디
선데이

선데이, 블러디 선데이

은상 지음

초판 1쇄 발행일 2021년 7월 7일

펴낸이 이숙진 펴낸곳 (주)크레용하우스 출판등록 제5-80호

주소 서울 광진구 천호대로 709-9 전화 (02)3436-1711 팩스 (02)3436-1410

홈페이지 www.crayonhouse.co.kr 이메일 crayon@crayonhouse.co.kr

▪ 빛은책들은 재미와 가치가 공존하는 ㈜크레용하우스의 도서 브랜드입니다.

▪ KC마크는 이 제품이 공통안전기준에 적합하였음을 의미합니다.

ISBN 978-89-5547-808-2 03810

선데이,
블러디
선데이

은상 지음

빚은책들

차례

Intro

1989년 8월 4일(금요일) 14:00
'안면도 폭동 사건(일명 흡혈 사건)' 조사실

이름?
- 지석영입니다.

나이는?
- 열여덟 살, 고등학교 2학년입니다.

너도 다른 친구들 물어뜯었나?
- 아니요. 전 그러지 않았습니다.

다른 친구들이 물어뜯는 건 봤나?
- 네. 그런데 제가 알기로는 무슨 환각제 같은 걸 먹어서 그렇다고 하던데, 아닌가요?

그런 거는 우리가 조사할 거니까 묻는 말에만 답하면 된다. 언제부터 아이들이 눈이 붉어지면서 다른 아이들을 물었지?

– 두 번째 날 밤이었을 거예요. 자고 있는데 갑자기 비명이 들렸으니 그때부터일 거예요.

그전에는 아무일도 없었나?

– 네. 다들 얌전히 시키는 대로 정치에 관한 주제로 토론을 벌이기만 했어요.

그런데 갑자기 몇몇 아이와 진행요원들이 다른 아이들을 물었다는 거지?

– 네. 다들 우왕좌왕하고 난리도 아니었어요. 서로 물고 물리고. 저도 무서워서 도망다니고 있었는데, 국회의장의 아드님과 따님이신 노충걸 학생과 노유선 학생이 지도를 잘해서 잘 마무리가 되었고, 충청도의 싸움 캡, 아니 모범학생인 박현웅 학생이 잘 이끌었고, 또……

그만, 그만 말해. 이 폭동에 대해서는 묻는 거만 답해라!

1.
믿을 수 없는 뉴스

I can't believe the news today

1989년 7월 28일(금요일) 8:00

이유야 어떻든 오토바이를 훔친 건 정학감이었다. 그래도 그렇지 아들을 이런 이상한 캠프에 보내다니, 하고 석영은 투덜거렸다. 석영이 이번에 참가해야 하는 캠프의 이름은 이렇다.

'올바른 정치관 확립을 위한 청소년 정치 캠프.'

도대체 정치 캠프라는 게 뭐야?

석영은 원래 정학당하리라 예상했다. 만약 그 오토바이 가게 주인이 신고해서 경찰서까지 갔다면 정학이 아니라 퇴학이라도 할 말이 없었다. 가게 주인이 학교에 먼저 연락했고, 아버지가 학교로 바로 달려온 덕분에 중간에 어떻게든 합의를 봤다. 그날 저녁 아버지는 집에서 술을 마시다가 이 캠프에 참가하라는 명령을 내렸다.

"내가 네 나이 때는 말이야. 교복을 입고 총칼에 맞서 싸웠어"라고 술만 마시면 말하는 아버지가 실제로 총칼에 맞서 싸웠는지는 알 수 없었고, 설령 그것이 사실이라고 해도 석영을 이 캠프에 보낼 이유는 아니다. 말이 좋아서 정치 캠프지, 학교에서 문제를 일으킬 만한 녀석들을 보내는, 이전 대통령이 만들어서 한창 재미를 본 삼청교육대의 후신이라는 소문이 나도는 곳이다. 그렇게 생각하니 석영은 아버지가 자신을 이곳에 보낸 이유가 조금은 짐작됐다.

'죽어라 고생하고, 정신 차리고 오라는 뜻인가?'

2박 3일이라도 싫었다. 문제아로 찍히기는 했지만 성적은 고만고만했고 이번 방학만 잘 보내면 서울권에 있는 대학도 갈 수 있다고 생각했는데, 이 중요한 시기에 이런 곳에 보내지다니 왠지 모를 불안감이 일었다.

고등학생을 위한 국가적 행사라는 공익 광고도 봤고 캠프에 참가한 우수 학생에게는 국회의장이 상장도 수여한다고 했지만, 그 상장에 관심이 있는 아이들은 없었다.

천 명이나 되는 참가자 수도 문제였다. 아무도 관심 없는 행사에 천 명이나 모집한다는 건 하늘의 별 따기나 다름없었다. 공부를 하든 안 하든 고등학생이 정치 캠프에 갈 일이란 없다. 그래서 '자율' 모집이라고 하면서 '강제' 모집했다.

석영은 그나마 같이 갈 친구가 한 명 있다는 소식에 조금 안심했다. 그러나 학교에서 미친놈이라고 불리는 상훈이가 유일한 일행이라는 소식은 다시 좌절로 석영을 이끌었다. 커다란 애벌레를 애완동물이라며 학교에 가지고 와서 사람들을 깜짝 놀라게 한 적도 있다.

결정적으로 상훈이가 미친놈이라고 불리는 이유는 문제의 독극물 사건 때문이다. 학교에서 주먹 좀 쓴다는 용태 패거리가 상훈이를 불러내 한참 동안 폭행한 사건이 있었다. 그리고 다음 날 용태네 반 아이들 대부분이 병원 신세를 졌다. 급성 식중독이라는 것이 의사의 설명이었지만, 상훈이 그 반 아이들이 마시는 식수 주전자에 뭔가를 넣었다는 소문이 돌았다. 큰 사건이 일어나면 쉬쉬하는 학교의 특성에 맞게 이 사건 역시 조용히 넘어갔지만, 그날 이후 자연스럽게 상훈이에게 미친놈이라는 별칭이 붙었다.

이번 여름 방학은 이렇게 운 없이 흘러가나 보다, 삼 일 정도야 어떻게 참다 보면 흘러가겠지, 하고 석영은 스스로 위로할 수밖에 없었다.

갈아입을 옷과 혹시 몰라서 챙긴 간식거리, 더욱 혹시 몰라서 챙긴 참고서가 들어 있는 배낭을 메고 캠프 중간 집결지인 서울역 광장에 들어서자 석영처럼 표정이 우울한 아이들이 우글우글 모여 있었다. 아직 8시밖에 되지 않았지만 여름의 습한 날씨는 이미 사람을 지치게 했다. 태풍이 몰고 온 비구름도 단단히 한몫했다.

석영은 배낭을 메고 끼리끼리 모여 재잘거리는 여고생들을 본 다음부터 뭔가 깨달음을 얻은 듯 기분이 좋아졌다. '세상은 남자만 사는 곳이 아니었구나.' 비율상 남자가 더 많아 보이기는 했지만 그래도 캠프에서 모르는 여자들과 밤을 보낼 수 있다고 생각하니 설레기까지 했다. 지금까지 남중과 남고를 다니며 한 번도 여자란 생물과 친구, 혹은 그저 아는 사이조차 되어 본 적이 없던 석영에겐 이번이 절호의 기회였다. 갑자기 이런 기회를 마련해 준 아버지가 고마웠다. 한껏 표정이 밝아오던 석영은 누군가 뒤에서 말을 붙이는 순간 다시 기분이 내려 앉는 걸 느꼈다. 상훈이다.

"안녕. 너도 가는구나. 그래도 너라서 다행이다. 이상한 놈들하고 같이 가면 재미없을 것 같았는데."

석영은 딱 그 반대의 말을 해 주고 싶었다. '하필이면 너냐? 다른 놈하고 가면 그나마 재미있을 것 같았는데.' 결국 그렇게 말하지는 못했다. 그래도 유일하게 아는 녀석인데 미리 적으로 만들 필요는 없었다.

"그래 다행이다. 캠프 가서도 친하게 잘 지내자."

말하고 나서 석영 자신도 놀랐다. 이렇게 능글맞게 이야기하다니, 참 여러 가지 능력을 개발해 주는 캠프다.

진행요원에게 명부를 확인해 주고 나서 줄을 섰다. 으레 시작하는 국민의례와 애국가 제창이 이어졌다. 그리고 한 아저씨가 나와서 국민의 권리와 의무에 관한 이야기를 하는데 이제 해가 점점 뜨거워지고 있다는 것만 신경 쓰였다.

　아저씨가 단상에서 내려가자 열렬한 박수가 쏟아졌다. 어디서 많이 본 듯한 얼굴의 아저씨였는데 기억이 나지 않는다. 교회 주보처럼 생긴 팸플릿을 보니 식순에 서울시장 연설이라고 씌어 있다.

　캠프가 열리는 장소인 안면도까지는 버스로 이동한다고 했다. 배정받은 버스에 타고 멍하니 버스 창문 밖을 바라보던 석영은 옆 버스가 여학생 버스라는 것을 이제야 눈치챘다. 의도와는 상관없이 옆 버스에 앉아 있던 한 여학생의 얼굴을 뚫어지게 바라보는 형국이 돼 버렸다. 불현듯 자신의 상황을 깨달은 석영은 황급히 고개를 돌렸다. 왠지 무안했다. 그래도 다시 힐끔 여학생을 쳐다보았다. 단발머리보다 약간 더 짧은 머리는 단정하면서 꼿꼿한 인상을 주었다. 콧날도 오뚝한 편이고 눈썹은 검고 강해 보였다. 여학생이 얼굴을 돌렸다. 눈이 마주치자 당황한 석영은 자신도 모르게 손을 흔들어 주었다. 여학생은 아무 반응 없이 앞으로 고개를 돌렸다.

　"아는 사이냐?"

어느 사이에 상훈이 옆자리를 잡고 물었다.

"아니."

"그러면 마음에 드는 사이? 한번 꼬셔 볼까 하는 사이?"

"그런 거 아니야."

상훈과는 아직 농담을 주고받거나 마음을 열어 보일 만큼 가깝지 않았다. 아니 가까워지고 싶지 않았다는 것이 정확한 표현일 것이다.

"나한테 잘만 보인다면 단번에 넘어오게 만들 수 있는데……."

상훈이 낮은 목소리로 중얼거렸다. 대꾸할 필요 없는 말 같아 석영은 안면도까지 도착하는 동안 잠을 청하기로 했다.

석영은 꿈을 꿨다. 악몽이었다. 잘 생각나지 않지만 이상한 사람들이 자신에게 매달리는 꿈이었다. 약하게 소리도 지른 것 같다.

조금만 더 가면 안면도라는 진행요원의 목소리가 들렸다.

1989년 7월 28일(금요일) 12:00

섬과 유일하게 연결된 안면교를 넘은 버스가 비포장도로에 접어들었다. 행사장인 시일고등학교는 조금 특이한 위치에 있었다. 산길을 따라 꽤 올라가야 하는 외진 곳이다. 산등

성이를 깎아서 학교를 지었기에 경치는 좋았다. 다만 그 경치를 구경하려면 4층 학교 옥상까지 올라가야 한다. 담이 너무 높은 까닭이다. 4미터도 넘었다. 그 담장 위에는 날카로운 철조망이 둘러 있었고, 삐쭉삐쭉한 창날 같은 것도 박혀 있었다. 운동장은 꽤 넓었다. 지금은 잡초가 무성하게 뒤덮고 있지만, 축구 골대도 양쪽에 세워져 있다. 교실도 삼십 개나 되었다. 건물 내에는 도서관 자리도 있었고 실험실 자리도 있었다. 안면도가 서해에서 가장 큰 섬이라고는 하지만 이 정도의 시설을 갖춘 고등학교가 들어서 있다는 것이 조금 과하게 느껴질 정도였다. 문제는 이렇게 좋은 고등학교에 아직 학생이 한 명도 없다는 것이다.

원래 시일고등학교는 전국의 뛰어난 인재를 유치해 인재육성사관학교 역할을 하겠다는 취지로 지은 곳이다. 재단은 학교 운영 계획서를 도지사에게 제출했고 또 하나의 명물이 될 것으로 판단한 도지사는 특별히 학교 건축을 위해 도가 소유한 부지를 거의 공짜로 내주었다. 인근 주민들도 훌륭한 교육 시설이 생긴다는 말에 기뻐했다.

하지만 재단은 학교 건물이 완공되기 직전에 부도를 맞았다. 재단은 학교 부지라도 팔아서 막으려 했으나 학교 전용인 특수 목적 지역이라 다른 이에게 팔 수 없다는 법원의 판결이 나왔다. 학교 부지를 인수하려던 기업은 그곳에 호텔을 지을 생각을 하고 있었다. 안면도에 관광자원이 풍부하니까 호텔을 지으면 충분히 수익을 얻을 수 있다는 판단이었다. 하지만 부지를 매입하지 못하게 되면서 그 계획도 백지화됐다.

충청남도는 학교 부지를 재단에 판 금액에 다시 매입했고 공립 고등학교로 전환하려 했으나 과도한 시설이 부담이었다. 주변에 이미 고등학교가 있고 예산은 부족했기 때문이다. 그래서 학교 교육에 적응하지 못하는, 소위 문제아를 갱생시키는 특수학교로 육성하자는 새로운 방안이 나왔다.

시일고등학교라는 학교명도 그때 지은 것이다. 태양을 바라보자는 뜻으로 갱생에 대한 의지가 강력하게 담긴 이름이다. 방향이 정해지자 담을 더 높이는 공사를 시작했다. 담장에 철조망까지 설치했다. 정문은 튼튼한 철재로 만들었고 문도 담장을 따라 같이 높였다. 문 위로는 절대로 넘어갈 수 없다고 말하는 듯한 뾰족한 창 모양 시설물도 설치됐다. 문제아라는 선입견이 학교의 담장을 높여 버린 셈이다.

그런데 다음 문제는 주민들로부터 시작됐다. 그동안 주민들이 적극적으로 협조한 이유는 전국의 인재를 모으는 인재 사관학교가 들어설 것이라는 기대 때문이었는데, 문제아들을 모아 갱생시키는 시설이 들어설 것이라는 당국의 발표는 주민들의 뒤통수를 때렸다. 높은 담장은 교도소를 연상시키기에 충분했고, 그 담장을 본 주민들은 학교 건립 반대 시위를 시작했다.

도지사는 좋은 의도로 시작한 사업이 격렬한 반대에 부딪
히자 매우 당황했다. 도에서는 주민들과 완전한 의견을 교
환한 후에 개교하겠다는 입장을 취했다. 정권 말기라 누구도
책임을 지려 하는 사람이 없었다는 것도 크나큰 이유였다.
결국 건물은 90퍼센트 이상 완공했지만 학생은 한 명도 뽑지
못하고 개교를 무기한 연기했다. 그리고 2년이 지난 지금,
시설을 조금 개보수해서 이곳에서 정치 캠프를 열기로 한 것
이다.

창밖을 보니 특수학교 건립 반대라고 적힌 낡은 플래카드
가 나부끼는 산길로 접어들고 있었다. 그 길을 몇 킬로미터
달리면 나타나는 커다란 철문은 왠지 음산했다. 형광초록색
으로 새로 페인트칠을 해서 반짝이는 철문은 연극 무대처럼
보였고, 그 뒤에 빈 공간이 나타날 것 같았다.

"학교가 조금 이상하게 생겼는데? 꼭 교도소 같아."

석영이 말하자 상훈은 기다렸다는 듯이 학교의 유래를 설
명해 주었다. 장황하고도 상세한 설명을 듣고 나니 상훈이에
대한 인상이 조금 달라졌다. 말도 잘하는 편이었고 아는 것
도 상당히 많은 듯했다.

"특이해 보인다고 멍청한 건 아니거든."

상훈은 석영의 반응을 눈치챘는지 그렇게 말을 끝맺었다.

도착하자마자 열 명씩 한 조로 나뉘었다. 조원 중에 몇 명은 서로 아는 사이인 듯 인사를 나누었다. 그중 한 아이는 키가 190센티미터는 돼 보였다. 엄청나게 큰 키였음에도 매우 날렵했다. 눈이 마주쳤을 때는 살짝 겁도 났다. 감히 인사를 먼저 할 수 없었다. 이 녀석은 무슨 짓을 저질러서 이곳까지 오게 되었을까?

그리고 다른 조원을 둘러보던 석영은 자신이 행운아라고 생각했다. 각 조마다 여자가 섞여 있었던 것이다. 세 명의 여학생이 같은 조였는데 그중 한 명이 아침에 버스 유리창을 통해 바라본 그 짧은 머리 여학생이었다.

"우리 구면이네. 나 유선이라고 해. 노유선."

쌀쌀할 것으로 예상했던 여학생이 먼저 말을 걸어 오며 손을 내밀었다. 겨우 악수일 뿐이라고 머리는 생각했지만, 정작 손은 떨렸다. 부드럽고 따뜻한 손이었다.

"잘 부탁할게." 유선이 말했다.

"나, 나도."

다른 조원도 간단하게 자기소개를 했다. 열 명밖에 되지 않지만 모두의 이름을 한번에 기억한다는 것은 무리였다. 석영은 노유선이라는 이름만 정확히 기억했다.

2.
못 본 척하고 사라질 수는 없었어

I can't close my eyes and make it go away!

1989년 7월 28일 (금요일) 12:40

조별 인사가 끝난 다음 입소식이라는 것을 진행했다. 천 명이나 되는 학생들이 운동장에서 또 국민의례와 애국가 제창을 했고, 입소 환영 연설을 들었다. 이미 점심시간이 지나 있었지만 이따위 행사는 기어코 하고야 만다. 주변에는 진행요원이라고 쓰인 완장을 찬 사람들이 서 있었다.

환영 연설을 하는 사람은 얼굴이 좁고 날카롭게 생긴 아저씨였다. 팸플릿을 펼쳐 보니 이번 연사는 국회의장 노영걸이라고 쓰여 있다. 크기는 큰 행사인가보다. 국회의장이라는 분도 이곳에서 직접 환영 연설을 하고.

"……언젠가부터 정치란 것이 권력을 차지하려는 이합집산으로만 받아들여지고 있습니다. 본래 정치란 그런 것이 아닙니다. 정치의 정은 바를 정자에 회초리질을 하다란 뜻의 칠 복자로 이루어진 글자입니다. 그리고 치는 다스리다란 뜻의 치입니다. 부조리한 것을 올바른 길로 이끌고 다스리는 것이 정치의 본디 이념입니다. 그래서 대통령을 중심으로 한마음, 한 뜻으로⋯⋯."

연설은 지루했다. 게다가 잘 알지도 못하는 한자를 써서 이야기하니 불쾌지수는 더욱 올라갔다. 어느 날 석영의 아버지는 텔레비전을 보다가 '정치란 잘사는 사람들 것을 걷어서 못사는 사람에게 주는 것'이라고 말했다. 석영은 술만 마시면 하는 아버지의 넋두리가 왜 지금 생각났는지 모르겠지만, 땡볕 아래에서 지루하게 펼쳐지는 국회의장의 이야기보다는 낫다고 생각했다.

옆자리에 앉아 있는 유선의 콧날에서 땀이 흘러내렸다. 하지만 지루한 표정은 아니었다. 오히려 화난 듯이 국회의장을 노려보고 있었다. 화가 날 만도 하지, 이렇게 더운 날씨에 저렇게 오래 이야기를 하면⋯⋯.

전 참여자를 대표해 한 학생이 올라가서 뭔가 선서를 했다. 선서라고 크게 외치는 부분만 따라 했는데 나머지는 무슨 말을 하는지, 무슨 선서를 하는지 잘 들리지도 않았다.

유선이 자그마한 소리로 한마디 하는 소리만 잘 들렸다.

"자기들끼리 다 해먹네."

뭘 다 해먹는지는 모르겠지만 기분 나쁜 일이 있는 것만은 틀림없었다. 처음 인사했을 때는 상냥한 느낌이었는데 지금은 또 완전히 차갑다.

유선이 시선을 의식했는지 이쪽을 바라봤다. 석영은 유선과 눈이 마주치자 고개를 돌려 버렸다. 벌써 두 번째 들켰다. 아무래도 마음마저 들킬 것 같아 불안하다.

1989년 7월 28일(금요일) 13:00

"이번 행사 문제없이 진행해. 특별히 자네를 책임자로서 이곳에 두는 것이니까."

국회의장 노영걸은 보좌관 이현재에게 행사 책임을 맡기고 서울로 올라갈 준비를 했다. 사실 이 행사는 보좌관인 이현재가 기안해서 시작한 것이다. 취지는 정치를 부정적으로 생각하는 십대에게 올바른 정치관을 심어주자는 것이었지만 실제로는 다음 대선에서 투표권을 갖는 십대를 대상으로 미리 선거운동을 하자는, 드러나지 않는 목적이 있었다. 물론 이런 목적이 기획서나 다른 문서에 기재돼 있을 리는 없다. 다만 기획안을 제출한 이현재 보좌관이나 그것을 통과시킨 노영걸 국회의장 모두 그 속뜻을 알고 있었다.

이 아이들이 투표권을 가질 때가 되면 다음 대선이 시작된다. 다음 대선의 여당 후보로 국회의장인 노영걸이 거론되고 있었다.

영걸은 현재의 기안이 아주 마음에 들었다. 냄새 안 나는 선거운동이 바로 이런 것이라고 생각했다. 하지만 외따로 떨어진 섬이라는 것이 마음에 걸렸다. 행사를 서울에서 열면 좀 더 보기 좋았을 텐데. 하지만 현재는 너무 드러나면 문제가 있을지도 모른다고 말했다. 조용히 처러도 효과는 동일하다는 것이 현재의 의견이었다. 한편으로는 그 말도 맞는 것 같았다. 결국 천 명의 아이들이 학교로 돌아간다는 결과는 같기 때문이다.

영걸이 노리는 것은 또 있었다. 자신의 후계자를 미리 등장시키는 것이다. 마침 영걸의 아들은 열여덟 살이었다. 이 행사에 아들을 참가시켰다. 이런 행사에서부터 두각을 나타내게 해서 20대에 자연스럽게 정치에 입문시키고자 했다. 마흔이 넘어서 얻은 쌍둥이 중 아들은 눈에 넣어도 아프지 않았다. 이름을 영걸을 따르라는 의미로 충걸로 지어서 그런지도 모르겠다. 그 아들이 이름을 날리면 이 행사는 모든 분야에서 성공한 행사다. 다만 쌍둥이 동생이 좀 불안했다.

* * *

현재가 불안한 이유는 조금 달랐다. 국회의장이 자리를 뜨자 현재는 참가자 명단을 살폈다. 모범생을 모집하려 한 현재의 의도와 다르게 문제가 될 만한 아이들이 다수 끼어 있었다. 진행요원들에게 주의를 주기는 했지만, 왠지 2박 3일이 길 것만 같았다.

1989년 7월 28일(금요일) 13:30

　석영은 '식당 및 휴게실'이라는 간이 간판이 붙어 있는 커다란 텐트에서 점심을 먹었다. 조원들과 먹으면 좋았겠지만 아직은 어색한 사이라 그나마 아는 사람인 상훈과 밥을 먹었다.

　석영은 스텐레스 컵에 물을 따라 왔다. 정상적으로 운영해 보지 못한 학교라 수도에서 나오는 물은 믿을 수 없으니 식당에 비치된 커다란 통에 있는 물만 마시라고 했다.

　"이번 조별 회의에서 재미있는 실험을 하나 하려고."

　상훈이 뜬금없는 이야기를 꺼냈다. 석영은 날도 더워 죽겠는데 이렇게 뜨거운 카레라이스라니, 하고 생각하며 건성으로 대답했다.

　"무슨 실험?"

　"인간이 자신의 의지대로 행동하는 것인가 하는 실험."

"그러니까 그게 무슨 실험이냐고?"

"내가 말 한마디 안 해도 조장으로 뽑히는 실험."

애가 학교에서 못 어울리는 이유가 어디에 있는지 또렷이 기억난 석영은 자리를 뜨고 싶었다. 하지만 자리를 떠 봤자 갈 곳이 없다는 것이 문제였다.

"헛소리 지껄이지 말고 본론이나 말해. 카페도 뜨거워 죽겠는데 짜증난다."

상훈은 미친놈답게 눈동자를 희번덕거리더니 의자를 앞으로 당겼다.

"그래. 인간은 모든 의사결정을 스스로 한다고 믿고 살고 있지만, 사실 자기가 아니라 디엔에이가 내린 결정에 따라 살고 있는 것인지도 모른단 말이야."

"그래서?"

석영이 대답해 주자 관심이 있다고 여겼는지 상훈은 입술에 침을 묻히고 이야기를 계속 끌어갔다.

"혹시 달팽이 이야기 들어 봤어? 달팽이는 기생충이 가장 좋아하는 생물인 것 같아. 이 세상의 달팽이는 거의 대부분 기생충에 감염돼 있다는 거야. 그런데 웃기는 건 이것들이 원래 새에 기생하는 놈들인데 달팽이를 매개체로 삼는다는 거야. 그러니까 달팽이의 몸에서 새의 몸으로 이주하려면 달팽이가 새에게 잡아먹혀야 해. 이 기생충은 새의 눈에 잘 띄려고 달팽이의 촉수 부분에 몰려들어. 그러면 촉수가 파란 애벌레처럼 변해. 새들은 애벌레인 줄 알고 달팽이를 잡아먹는 거지. 그런데 외형만 바꾸는 것이 아니라 행동도 변하게 해. 야행성인 달팽이를 낮에 돌아다니게 만들고, 나뭇가지 끝으로 올라가게 만들지. 한마디로 달팽이는 기생충에게 조종당하는 거야. 이런 예는 상당히 많아. 연가시라는 기생충은 사마귀에 기생하다가, 때가 되면 사마귀를 물가로 유인해서 자살하게 만들지. 연가시는 물에 사는 기생충이거든. 또 게의 기생충은, 정확히 말하자면 기생충이 아니라 조개류지만, 그게 중요한 게 아니라, 어쨌든 이 기생충은 게를 성별까지 잊어버리게 만들어. 수게가 감염되면 마치 자기가 암컷인 양 행동해. 자기 알인 줄 알고 기생충을 조심스럽게 기르지.”

“그게 네가 하려던 말이랑 무슨 관련이 있는 거야?”

“인간의 행동도 그럴지 모른단 말이야. 아무리 만물의 영장이라고 해도 행동을 조종하는 것은 결국 기생충이나 작은 바이러스일지도 모른다는 생각 안 해 봤어?”

“내가 그런 생각을 해 봤을 리가 없잖아. 너처럼 미친놈도 아니고.” 석영은 밥을 한 숟가락 떠먹으며 말했다.

미친놈이라는 말은 하지 말았어야 했다. 석영은 상훈의 눈치를 살폈다. 상훈은 전혀 개의치 않았다.

“증거는 또 있어. 고양이에 기생하는 톡소포자충이란 것이 있어. 이 톡소포자충에 감염된 쥐는 고양이 냄새를 무서워하지 않게 돼. 두려움이 없으니까 잘 잡아먹히고, 이때 기생충이 고양이에게로 전염되지. 그런데 사람이 이 톡소포자충에 감염되면 남자는 바보 같은 짓을 하려 하고 여자는 음탕하게 변한다고 하지. 그리고 잘 알려지지 않았지만 사람을 가지고 실험해서 성공한 사례도 있는 것 같아."

"사람을 대상으로?"

"아이티에서는 특별한 약품이나 주술을 사용해 농장에서 일하는 일꾼을 만들었다고 전해지지. 그것이 바로 좀비라는 존재야. 조지 로메로 감독이 '살아 있는 시체들의 밤'이란 영화에 소재로 써 먹은 게 바로 좀비야. 그때 아이티 주술사가 사용한 것이 약품이 아니라 기생충이었던 거야. 기생충으로 인간의 행동을 조종한 거지. 그 주술은 비밀이기 때문에 그저 전설로만 들을 수 있지만 실제로 좀비를 봤다는 목격담은 아직 이어지고 있어."

"그래서 어쨌다는 거야?"

"조별 회의에서 내가 아무 말도 없이 조장이 된다면 아이티에서 일어난 일이 여기서도 일어나고 있다고 생각하면 돼."

"네가 무슨 수로?"

"그건 나중에 말해 줄게. 참, 그런 생각 안 해 봤니? 학교에서는 나를 소 닭 보듯 하던 네가 왜 지금은 나와 이렇게 가까이 앉아서 밥을 먹고 있는지? 내가 어떤 주술을 걸었거나 그 카레에 기생충이 들어 있어서 그런 것은 아닐까?"

석영은 정색하며 숟가락을 놓았다. 날이 더워서 입맛도 없는데 그런 말까지 들으니 밥을 더 먹겠다는 생각이 싹 달아나 버렸다.

상훈은 여전히 미소를 띠며 말을 이었다.

"걱정하지 마, 그런 일은 일어나지 않았으니까. 그저 익숙하지 않은 곳에 가면 아는 사람과 더 친하게 지내고 싶은 것이 인간의 심리일 뿐이야. 밥 많이 먹어."

상훈은 그렇게 말을 많이 하면서도 어느새 식판의 밥을 싹비웠다. 개나 고양이가 핥아 먹었다고 해도 믿을 정도로 알루미늄 식판이 빛났다.

'조별 모임이라……. 아직 일정도 잘 모르고 있었네.'

팸플릿을 보니 오후 일정에 조별 모임이 있었다. 열 명이 난상토론을 거쳐 한 명의 조장을 선별하는 것이 오늘의 목적이었다. 그 조장은 내일 열 조, 즉 백 명이 모이는 대토론회에서 발표를 하고, 다시 투표를 거쳐 대표를 한 명 뽑는다. 백 명의 대표가 되면 의원이라는 칭호가 붙고, 총 열 명의 의원이 모여 의장을 선출하는 데까지 일정이 진행된다. 조별 토론의 주제는 첫날답게 매우 간단하면서도 복잡하다. '정치

란 무엇인가?'

석영은 팸플릿을 보면서 무의식적으로 카레를 한 숟갈 입
에 넣었다가 다시 뱉어 버렸다. 왠지 맛이 변한 느낌이다.

3.
얼마나 오래 이 노래를 불러야 할까?

How long must we sing this song?

1989년 7월 28일(금요일) 15:00

다행히 조별 토론장은 교실이었다. 몇 개 조는 교실이 모자라서 운동장 트랙 위에 설치된 텐트에서 토론을 벌였다. 석영은 국가적인 행사라 에어컨도 있지 않을까 기대했는데 선풍기 몇 대가 고작이어서 조금 실망했다. 하지만 텐트 동에는 선풍기도 소용없을 만큼의 더위가 닥칠 테니 현실에 감사해야 한다.

조장은 자유 토론 방식으로 선정하도록 돼 있었다. 진행요원 한 명이 열 개조를 담당하다 보니 한 곳에서 사회를 볼 수 없기 때문인 것도 같다.

진행요원은 자유롭게 토론하라며 손에 들고 있던 몽둥이로 책상을 두들겼다. 자유란 말과 참 상반되는 행동이었다.

진행요원들은 급조된 행사에 걸맞게 아무 기준 없이 뽑혀 온 사람들이기 때문인지 토론 자체에 큰 관심이 없었다. 그래서 누가 조장이 됐는지만 보고서로 제출하라고 말하고 여기 저기 돌아다녔다.

칠판에는 '정치란?'이라고 적혀 있었다.

주제가 머리를 복잡하게 만들었다. 차라리 그냥 정학을 받는 편이 더 나았을까? 정치란 무엇인지 생각해 본 적도 없다. 국회에서 우왕좌왕하며 떠드는 사람들이 정치인이라고 막연히 여겨 왔으니 생각나지 않는 게 당연했다.

이런 행사가 늘 그렇듯 쉽게 말을 꺼내는 사람이 없었다. 꿀 먹은 벙어리가 됐다. 서로 눈치만 보고 있는데 유선이 먼저 말을 꺼냈다.

"알겠지만 우리가 토론해서 결론을 낼 수 있는 주제는 아니야. 자유롭게 이야기해서 누구의 논리와 이상이 맞는지 확인해서 조장을 뽑으면 된다고 생각해."

그 의견에 동의했다. 동의할 수밖에 없는 말이다. 정치란 것을 십대가 알면 얼마나 알고, 의견이 있으면 얼마나 있겠는가?

유선이 계속 이야기했다.

"정치란 근본적으로는 국가가 돌아가는 이치를 만드는 것이고, 국가란 결국 국민이니까, 국민이 안전하고 잘살게 하는 것이 정치라고 생각해.”

　유선의 말은 석영의 아버지가 늘 하던 말과 일맥상통하는 바가 있었다. 아버지가 그런 말을 할 때마다 ‘어른들은 왜 술만 먹으면 정치 이야기를 하는 것일까’ 하며 지루해했지만 워낙 반복해서 들었기 때문인지 그 말들이 기억났다.

　그 와중에 한 녀석이 말을 꺼냈다. 최현웅이라는 이름표가 보였다. 아까 본, 키가 190센티미터는 족히 되는 바로 그 녀석이다. 어깨도 딱 벌어져서 사람 기죽게 만드는 그런 외모였다.

　“어차피 이 자리가 조장을 뽑는 자리라면 그렇게 복잡하게 생각할 필요 없잖아. 귀찮게 이상이니 뭐니 하지 말고 그냥 조장이나 정하자. 네가 할래?”

　현웅이 말을 꺼내니 몇 명이 동조했다. 아무래도 서로 잘 알고 있는 사이 같았다.

　“아니 그렇게 해서는 안 돼. 모두 자기 의견을 말하고 가장 뜻이 잘 통하는 사람을 조장으로 뽑아야 해.”

　유선은 딱 부러지게 말했다. 현웅의 표정이 밝지 않았다. 의견을 무시당해 본 적이 없는 사람이 지을 만한 표정이었다.

　“꼭 우리 아버지 같은 표정을 짓네.”

　유선은 그 표정을 읽었는지 되받아치며 말을 이었다.

　“막스 베버는 말이야 정치는 국가의 운영 또는 이 운영에 영향을 미치는 활동이라고 정의를 내렸어. 그러니까 어떻게 보면 국민 한 명 한 명의 모든 행위가 정치적인 활동이라고 볼 수 있지. 경제 활동도 국가 운영에 영향을 미치는 활동이니까 열심히 일하는 것도 정치 활동이라고 할 수 있어. 그러니까 우리가 지금 이러고 있는 것도 정치 활동이야. 대충 넘어갈 문제가 아니지."

"막스 베버가 누구야?"

꼭 이런 사람이 나타나기 마련이다. 이런 사람이 나라서 문제지만.

석영은 말을 꺼내 놓고 약간 무안해졌다. 교과서에서 이름만 봤지, 누구인지 전혀 모르는 사람이라 그냥 해 본 말인데, 유선의 표정이 많이 굳었다.

"내 말은 정치 활동이든 뭐든, 지금은 조장만 뽑으면 우리 임무는 완수된다는 거야."

현웅이 느릿느릿 말을 받았다. 그리고 주위를 둘러보았다. 몇 아이들이 고개를 끄덕이는 것이 보였다. 현웅은 웃고 있지만, 웃는 것 같지 않았다. 그리고 말을 이었다.

"말하자면, 힘을 잡는 것도 정치의 목적이란 거지. 권력을 잡으려고 하는 게 정치 아니야? 내 입으로 말하긴 그렇지만 여기 있는 애들은 내가 한마디 하면 그에 따라 움직일 가능성이 매우 커. 어쩌다 보니 그렇게 됐어. 서울이나 다른 데서

온 애들은 잘 모르겠지만 여기 충청도권에서는 나를 아는 애들이 꽤 많거든. 그러니까 네가 원하면 내가 조장을 만들어 줄게. 긴 이야기는 하지 말자."

"무슨 소리야?" 석영이 조용히 옆에 있는 아이에게 물었다.

안경 낀 아이가 대답했다. "현웅이는 충청도권에서는 캡이거든."

"캡이 뭐야?"

"대장이라고, 싸움으로. 이 근방에서 현웅이를 당할 애들이 없어. 얼굴은 몰라도 대전의 곰 현웅이라고 하면 바보가 아닌 이상 다 아는 이름이야. 사실 나도 현웅이가 정치 캠프 같은 학술적인 모임에 올 줄은……."

현웅이가 눈을 굴리자 말을 하던 아이가 흠칫 놀랐다.

석영이는 참 재수도 없다고 생각했다. 왜 하필이면 현웅이와 같은 조일까? 학교에서는 가장 이상하다고 소문난 상훈이 동행했는데 여기서는 싸움 캡이라니. 유선이 같은 조였을 때만 해도 하늘이 준 기회라고 생각했는데.

현웅이 말을 이었다.

"아무리 토론해도 누가 힘이 있느냐에 달려 있는 건 어쩔 수 없다는 거지. 내가 원한 것은 아니지만 여기가 충청도라서 충청도 아이들이 캠프에 많이 참가했거든. 내가 다니는 학교에서만도 수십 명이 참가했어. 싸움꾼 아들을 둔 육성회장님이신 우리 어머니가 한몫했지만."

현웅의 말은 사실일 것이다. 전국 행사라고는 하지만 여러 시도에서 많은 사람을 동원하는 것은 사실상 힘들다. 결국 수도권과 지역권에 집중할 수밖에 없고, 근처 몇몇 학교에 참가인원을 할당했다는 소문이 공공연하게 돌았다.

결국 현웅과 같은 학교, 동향인 사람이 훨씬 많다는 이야기다.

유선은 입을 다물었다. 논쟁이 필요 없어진 자리에서 해야 할 말이 없기 때문일 것이다. '뭔가 유선이를 도와야 하지 않을까?'

석영이 말을 꺼냈다.

"하지만 이 캠프는 그냥 캠프일 뿐이야. 진짜도 아닌데 이 캠프에서마저 힘이 어떻고 권력이 어떻고 할 필요가 있을까? 그리고 어차피 토론하라고 이렇게 시간도 줬는데 그냥 계속 토론해 보는 게 어때?"

유선에게 잘 보이고 싶다는 생각에 튀어나온 말에 석영은 뒤늦게 놀랐다. 현웅의 얼굴이 조금 굳는 듯하다. 겁이 났다. 저 커다란 덩치가 '힘'을 사용하면 어떻게 될까 싶었다.

석영은 학교에서 은근히 친구들에게 인기가 있었다. 공부도 그리 잘하지 못하고 운동으로 눈에 띄는 편도 아니었지만 친구들은 석영의 말을 재미있어 했다. 관심 있는 분야가 많아서 잔 지식이 많은 덕도 봤다. 다만 그것이 학교 공부에 도움이 별로 안 되는 것이란 문제가 있기는 했지만. 어쨌든 학교 친구가 말을 잘 들어줬으니 여기서도 말을 잘 들어줄 것이라고 근거 없는 판단을 내려서 괜히 입을 잘못 놀렸나 싶었다.

현웅이 자리에서 벌떡 일어섰다. 석영도 놀라서 일어났다. 물론 몸의 방향은 현웅의 반대였다. 현웅이 한 발짝이라도 움직이면 돌아서서 문밖으로 도망갈 채비를 했다. 하지만 현웅은 석영의 행동에 신경 쓰는 얼굴이 아니었다.

현웅이 입을 열자, 이상하게도 유선이 바라던 자연스러운 토론이 되었다.

"이상이 어쩌고저쩌고해도 힘이 없이는 아무것도 할 수 없어. 실행 없는 이상은 탁상공론일 뿐이야."

유선도 탄력을 받았는지 현웅과 팽팽한 힘겨루기를 시작했다.

"그게 무엇이든 우리의 이상을 대표할 수 있는 사람이 조장이 돼야 해. 이상을 힘 다음으로 미루는 사람은 우리 대표가 될 수 없어."

모든 사람의 행동 하나하나가 정치라는 유선. 정치란 결국 권력 싸움이라는 현웅. 두 사람의 의견이 워낙 팽팽한 나머지 석영을 포함한 여덟 명은 아무 말도 할 수 없었다. 160센티미터도 안 돼 보이는 유선도 일어나 목청을 높였다.

토론이 계속될수록 유선이 논리 정연한 이론으로 대화를 주도했지만 현웅도 그리 밀리지 않았다.

결국 민주적이라고 이름 붙인 가장 비민주적인 방식인 '투표'로 조장을 정하자는 의견이 나왔다. 소수의 의견을 무시할 때 가장 유용한 수단인 다수결 말이다. 유선은 끝까지 토론해서 모두가 만족하는 결과를 얻자고 제안했지만, 그 제안마저 다수결로 부결됐다.

5 대 4. 아무 쪽에도 찬성하지 않은 한 명. 그렇게 현웅이 조장으로 뽑혔다.

1989년 7월 28일(금요일) 16:30

투표가 끝나자 현웅은 책상을 붙여 놓고 드러누웠다. '원래 이러려고 한 것이 아니었는데.' 현웅은 자신의 인생이 꼬이고 있는 것은 아닌지 고민했다.

현웅은 선천적으로 강골이었다. 뼈도 굵은 편인 데다가 조금만 운동해도 근육이 상당히 잘 발달했다. 큰 한식당을 경영하는 어머니를 둔 덕분에 어릴 때부터 좋은 음식을 많이 먹어서 그런지 성장도 빨랐다. 키가 커서 자연히 눈에 잘 띄었다. 중학교 때부터는 아이들이 알아서 피했다. 실제로 싸우지 않아도 눈만 치켜뜨면 꼬리를 내리곤 했다. 그렇게 소문이 나기 시작했다.

그러다가 근처 고등학교 선배들이 그들의 서클에 가입하라고 찾아왔다. 소위 말하는 불량서클이었다. 열 몇 명이 철십자라는 우스운 이름을 달고 뻐기며 다니는 사람들이었다. 그런 사람들은 싫었다. 한마디로 거절하자 건방지다는 명목으로 손을 봐주겠다고 했다. 실제 싸움은 별로 해 보지 않은 현웅은 선배들에게 맞았다. 혼자만 맞은 것이 아니라 같이 있던 친구도 현웅의 친구라는 이유로 맞았다.

현웅은 억울했다. 친구도 같이 맞은 게 더 억울했다. 상대가 여럿인 데다가 당황해서 두들겨 맞았지만, 준비만 잘하면 충분히 이길 수 있을 것도 같았다. 중학교 3학년인 현웅은 키가 이미 180센티미터가 넘었다. 일대일로 붙으면 얼마든지 이길 자신이 있었다. 현웅은 그날부터 고등학교 앞에 진을 치고 기다렸다가 자칭 철십자가 나오면 조용히 뒤를 밟았다.

혼자가 되면 말을 걸었다. 일대일로 붙어 보자고 했다. 선배는 겁을 먹은 듯했다. 여럿이 있을 때는 그렇게 비열하게 굴더니 혼자가 되니 웃음을 흘리며 말로 해결하자고 했다. 현웅은 말로 해결할 생각이 전혀 없었다. 받은 것이 주먹인데 돌려주는 것이 말이라는 건 불공평했다. 선배가 자존심을 다 버리며 무릎을 꿇고 사정할 때까지 주먹을 날렸다. 선배는 코피와 콧물을 같이 흘리며 다리를 붙잡고 사정했다. 그렇게 선배가 사정하는 모습을 보자 자신감이 붙었다.

다음 날, 두 번째 선배도 그렇게 처리했다. 두 명이 당하자 철십자는 몰려다니기 시작했다. 그리고 열 몇 명이 중학교로 쳐들어왔다. 현웅 하나만 상대하면 된다는 생각이었다. 하지만 이제 현웅도 혼자가 아니었다. 현웅은 보스 기질이 있었다. 아이들에게 집에서 가져온 음식을 나눠 주며 친절하게 대했고 어려운 일이 생기면 발 벗고 나섰다. 단 한 번도 친구에게 폭력을 사용하지 않았다.

철십자가 중학교에 들이닥치자 현웅을 따르는 아이들도 나섰다. 이미 현웅이 철십자 몇 명을 패 줬다는 소문이 나 있었기 때문에 현웅과 같이라면 승산이 있다고 생각한 모양이다.

고등학생이 나타나면 중학생 꼬맹이는 다 도망갈 것이라고 생각한 선배들은 당황했다. 하지만 어차피 현웅을 제외하면 보통 중학생일 뿐이라고 판단했다. 선배들은 그 가정에서 핵심을 놓쳤다. 핵심은 '현웅을 제외하면'이라는 부분이었다. '현웅을 제외하면'이라는 가정법을 쓰면 안 되었다. 거기에 현웅이 있는데 가정법이 맞을 리 없었다. 현웅과 맞붙은 선배는 하나씩 처참하게 부서지기 시작했다. 여럿이 현웅을 둘러싸려 해도 조그만 중학생들이 성가시게 달려들었다.

현웅은 뭔가 달랐다. 생각도 못 한 높이에서 발차기가 나왔고, 꺾으며 돌려찼다. 철십자는 쫓겨났고, 그 모습을 중학교 전교생이 지켜봤다.

그때부터 현웅에게 대전 최고의 주먹이라는 명성이 따라다녔다. 현웅은 당장은 시원했다. 명성을 원한 건 아니지만, 원하던 것을 이루었다. 현웅이 고등학교에 입학하자 다른 학교에서 원정을 왔다.

현웅의 주먹은 잘 통했다. 소문은 소문을 낳아 이제 현웅에게 도전하겠다는 사람이 없어졌다. 그리고 현웅을 따르는 아이는 더 늘어났다. 현웅은 한 번 싸운 아이라도 꼭 집에 데려가서 같이 밥을 먹었다. 적이 되기는 싫었기 때문이다. 일대일로는 싸울 수 있지만 갑자기 뒤통수를 맞는 것은 싫었다. 그러려면 적을 만들지 말아야 했다.

현웅은 대학교도 갈 생각이 없었다. 어머니의 식당을 물려받고 싶었다. 어머니의 한식당은 나름 소문이 나서 꾸준히 손님이 모여드는 곳이었다. 고등학교를 졸업하면 본격적으로 요리를 배울 참이었다. 하지만 어머니는 현웅이 대학을 가기를 원했다. 그러던 어머니의 마음을 흔든 것이 정치 캠프였다. 똑똑한 아이들의 이야기를 듣고 나면 현웅이가 대학에 가기를 원할지도 모른다는 선생의 감언이설이 물론 그 사이에 있었다.

결국 어머니의 등쌀에 못 이겨 캠프에 참가하기는 했지만,

조용히 있다가 나갈 생각이었다. 그런데 자신을 알아보는 아이들이 워낙 많았고, 거기에 지기 싫어하는 성격이 작용해서 조장까지 돼 버렸다.

　이러다가 어디까지 가게 될까, 하고 현웅은 생각했다.

4.
오늘, 우리는 하나가 될 거야
Tonight, we can be as one

1989년 7월 28일(금요일) 17:00

상훈은 음료수 열 개를 식당에 임시로 설치된 자동판매기에서 뽑아 왔다. 상훈의 조는 텐트로 배정되는 바람에 더위에 시달렸다. 게다가 정신을 집중할 만한 열띤 토론도 진행되지 않아서 그냥 시간만 흘러갔다. 그럴 때 상훈이 가지고 온 음료수 열 개는 어색함을 물리쳐 줄 치료제였다. 상훈은 친절하게도 마개를 모두 따서 쟁반에 받쳐 들고 왔다. 친구들은 고맙다며 음료수를 벌컥벌컥 들이켰다.

그리곤 정치와는 아무 상관 없는 일상적인 이야기가 이어졌다. 말하기 좋아하는 어떤 아이는 자신의 비밀스러운 가족사를 이야기하기도 했다. 가장 호응이 좋은 주제는 각 학교에 존재하는 이상한 선생님 이야기였다. 선생님 이야기를 할 때면 아이들은 무엇이 불안한지 텐트 바깥쪽을 힐끔힐끔 쳐다보았다.

상훈은 그 모습을 미소를 띤 채 지켜보았다. 석영에게는 말 한마디도 안 하고 조장이 되겠다고 했는데, 몇 마디 말은 필요할 것 같다. 상훈은 시계를 보더니 입을 열었다.

"내가 몇 마디 할게. 나를 좀 주목해 줄래?"

토론을 이끌어가는 사람이 없는 상태에서 누군가 말을 꺼내니 아이들은 반갑기까지 했을 것이다.

일 분 정도, 상훈은 아무 말도 하지 않았다. 아홉 명의 눈동자 열여덟 개를 한 개 한 개 자세히 바라볼 뿐이었다.

상훈은 아이들의 눈동자에서 어떤 변화를 감지했다. 그리고 한 명씩 천천히 바라보며 입을 열었다.

"이제부터 내 말을 들어."

아이들은 조용히 고개를 끄덕였다. 분위기가 달라졌다. 아이들은 조용히 상훈만 바라봤다.

상훈은 세상 사람들이 하찮게 보였다. 언제 봤다고 자신의 가족사를 시시콜콜 남에게 해 주는지, 그리고 왜 그 이야기가 자신에게 독으로 돌아올지 득으로 돌아올지 따지지도 않는지……. 그렇게 생각 없이 살 바에야 진짜로 생각이 없어지는 것도 괜찮겠다고 생각했다.

자신만 보고 있는 아이들을 바라봤다. 눈동자가 붉었다.

"일어서!"

아이들이 모두 일어섰다.

"앉아!"

모두 앉았다.

이런 멍청이들은 약을 먹일 필요도 없이 음료수만 사줬어도 자신을 조장으로 뽑아 주었을 것이다. 하지만 상훈에게 조장은 아무 의미 없다. 인간이 의지대로 살고 있는 것인지 점점 강한 회의가 들었다. 이 약은 정확히 말하자면 기생충의 알을 모아놓은 캡슐이다. 자신도 이런 기생충에 감염되지 않았다는 확신이 없다. 난 나의 의지로 살고 있나? 내 행동이 머릿속에 들어앉은 촌충 때문에 이렇게 변한 것은 아닐까? 아이들을 바라보며 상훈은 씁쓸한 기억을 떠올렸다. 나도 결국 기생충이 낳아 준 존재니까……

아이들은 조금만 더 데리고 놀다가 구충제를 줄 생각이다.

1989년 7월 28일(금요일) 17:48

석영은 잡담을 하고 있는 현웅의 무리로부터 떨어져 나와 오도카니 창밖을 바라보고 있는 유선에게 다가갔다.

"많이 실망했니?"

유선은 말이 없었다. 석영은 머쓱했지만 이왕 붙인 말은 끝까지 해야겠다고 결심했다.

"난 네가 한 말이 더 마음에 들었어. 모든 사람이 정치적인 신념을 가지고 행동하면 그것이 바로 정치가 된다는 말 말이야. 신선했어. 아버지가 그런 말을 자주 했거든. '행동하지 못하는 양심이나 양심이 없는 것이나 무엇이 다르냐?' 이러면서 한 손을 머리 위로 올리곤 뭔가 숙연한 표정을 짓곤 했는데, 그 심각한 표정이 오히려 웃기더라고. 술을 많이 마셔서 그런 것이기는 했지만."

"너 국회의장 이름은 알아?"

갑자기 유선이 물었다. 생각지도 못한 질문에 석영은 당황했다.

"노…… 뭐라고 했던 것 같은데."

석영은 팸플릿에서 본 이름을 기억하려 했지만 잘 기억나지 않았다.

"노영걸이야. 그리고 오늘 대표로 선서한 학생 이름은 노충걸이고, 내 이름은 노유선이야. 노충걸은 노영걸의 네 번째 아들이고 쌍둥이야. 그리고 노충걸은 내 쌍둥이 오빠이고."

석영은 뭔가 복잡하면서도 단순한 관계를 정리했다.

"그러니까 네가 국회의장의 딸이란 말이야?"

"응, 그렇다는 사실이 싫지만 그래." 유선은 고갯짓을 했다. "아버지는 저기 있는 현웅이 같은 사람이야. 생각이 다른 사람이라도 권력만 유지할 수 있다면 같은 편으로 끌어들이고, 이용 가치가 없다면 사정없이 내치지. 그런 신물 나는 광경을 너무 많이 봐왔어. 그래서 일부러 이것저것 아버지에게 충고를 해 줬지만 애가 뭘 아느냐고 역정만 내셨지. 어느 순간부터 난 눈 밖에 난 딸이 돼 버렸어. 무슨 일을 해도 혀만 끌끌 차셨지. 반대로 충걸이는 아빠의 마음에 쏙 드는 아들이야. 사람 비위도 잘 맞추고 이득만 된다면 누구라도 이용하거든. 난 사사건건 아버지에게 반대하는 못된 딸이고. 이미 아버지는 충걸이를 다음 세대 정치인으로 키우고 싶어 해. 그래서 이 캠프에 보낸 거야. 이 캠프에서 두각을 나타내서 이름을 떨치기를 바라고 있는 것이지. 그런 충걸을 밟고 아빠 얼굴에 먹칠하는 것이 내 소원이야. 그런데 아빠와 똑같은 생각을 하는 애한테 져버렸네."

유선은 석영에게 싱긋 웃는 표정을 지어 보였다. 하지만 표정 속에 애처로움이 묻어 있는 듯해서 석영은 마음이 아팠다.

"피울래?"

석영은 몰래 숨기고 있던 담배를 꺼내 들었다. 부모님에게는 엄청나게 미안했지만 어차피 대학교 가면 다 피우게 될 것이니까 일이 년 먼저 한다고 크게 문제될 것 같지는 않다는 게 자기 변명이었다.

"담배란 것이 한숨을 쉬기 좋게 해 주거든." 석영은 웃으며 말했다. "그냥 창문 내다보며 한숨 쉬고 있으면 애처롭게 보이는데 담배를 피우고 있으면, 왠지 멋있게 보여."

"여기서?"

유선은 놀란 표정으로 석영을 보았다.

"아니, 그래도 숨어서 피워야겠지? 폐교라고는 하지만 여기도 교실이까. 캠프에서 담배 피우지 말라는 규정은 없었는데, 그래도 들키면 당연히 안 좋을 거야."

석영과 유선은 몰래 교실 뒤쪽에 있는 창고 건물로 갔다. 다른 조는 아직 토론 중이었다. 석영의 조만 현웅이 때문에 토론이고 뭐고 일찍 끝나 버렸다.

창고 문은 열려 있었다. 학교가 본격적으로 운영한 적이 없어서 안에는 아무것도 없었다.

석영은 안에서 걸쇠를 걸고 88이라고 쓰여 있는 담배를 한 대 입에 물었다. 창고 위쪽에 뚫려 있는 작은 구멍에서 햇빛이 비쳐 푸른 담배 연기는 새벽 호수의 연무를 연상케 했다.

그 모습을 본 유선이 담배를 하나 달라고 했다. 불을 붙여 주자 담배 끝이 빨갛게 빛났다. 그러곤 유선이 격하게 기침을 했다.

"너 처음 피워 보는구나?"

"응, 그냥 피워 보고 싶었어. 피워야 할 분위기인 것도 같고 말이야.”

유선은 그렇게 몇 번 기침을 하더니 곧잘 연기를 내뱉었다.

“담배 끊어야겠다.”

석영은 갑자기 금연을 선언했다.

“왜?”

“지금까지는 이런 생각 별로 안 했는데. 네가 담배 피우는 모습을 보니 죄짓고 있다는 생각이 드네. 미안해. 괜히 담배는 권해서.”

“아니야.” 유선은 숨을 들이쉬었다. “덕분에 속이 좀 시원해졌어. 그런데 냄새는 별로다. 정말 너도 담배는 끊어야겠다. 냄새날 것 같아. 음료수나 마시러 가자. 냄새는 지워야지.”

갑자기 창고문을 두드리는 소리가 났다. 석영과 유선은 깜짝 놀랐다. 진행요원이 여기 들어오는 것을 봤을지도 모른다. 그러면 큰일이다. 어떻게 정학을 피해서 여기까지 왔는데, 다시 정학이라니.

“거기 있는 것 다 알아. 문 열어 봐!”

많이 들어 본 목소리다. 석영은 문을 열어 주었다. 현웅이다.

충청도 지역 최고의 주먹이라는 녀석과 이렇게 좁은 곳에 있고 싶지 않았다. 이 녀석이 아까 토론 때문에 화가 나서 쫓아왔다면, 그리고 유선을 건드리기라도 하면 어쩌지? 만난 지 몇 시간밖에 안 됐는데 이놈과 목숨을 걸고 싸워야 하나?

석영의 머릿속은 복잡하게 돌아갔다.

"아까 교실에서 너희가 하는 이야기 다 들었어." 현웅은 좌우를 둘러보았다. "나 그런 사람 아니야. 권력을 얻자고 아이들을 끌어모으는 사람이 아니라고. 어쩌다 내 주변에 아이들이 모인 것이지, 내가 뭔가 얻으려고 비겁한 행동을 한 적은 없어. 그걸 확실히 말하려고 따라온 거야. 오해하지 않았으면 좋겠어. 그런 취급은 확실히 기분 나쁘니까."

이야기하는 것을 듣고 있자니 현웅이 은근히 마음에 들었다. 충분히 힘이 있는 녀석이 상대를 이해시키려 노력하는 태도를 보였기 때문이었다. 사실 토론 시간에도 그랬다. 분위기가 다수결로 흘러가기 전까지는 윽박지르거나 힘을 과시하지 않았다.

"한 대 피울래?"

석영은 현웅에게 담배를 내밀었다.

현웅은 담배를 한 대 받아들더니 힘껏 빨았다. 그리고 덩치에 걸맞게 큰 소리로 기침을 했다.

"아, 이거 생각보다 독한 물건이네."

녀석도 처음인가 보다. 결국 내가 가장 나쁜 놈이군, 하고 석영은 생각했다.

"에이씨, 여기는 밥을 언제 주는 거야? 진행요원이 보고 싶을 지경이네."

현웅은 그렇게 말하고 교실로 들어갔다. 석영과 유선은 음료수를 사러 식당 겸 휴게실로 갔다. 그곳에서 석영은 상훈을 다시 만났다.

상훈은 조원과 함께 휴게실에 앉아 있었다. 석영은 그리 친하지 않은 상훈에게 아는 척하는 것도 이상해서 멀찍이서 바라보았다. 열 명의 조원이 모두 있었는데 희한하게도 아무도 말하지 않았다. 모두 멍한 표정이었다. 휴게실 불빛이 노란색을 띠는 백열등이어서 그런지 아이들의 눈이 좀 충혈돼 보였다.

상훈은 석영을 보더니 찡긋 눈을 깜박였다. 그러곤 조원들에게 말했다.

"일어서."

조원은 상훈의 말을 따라 벌떡 일어섰다.

"모두 텐트로 돌아가."

조원은 느릿느릿 발을 질질 끌며 나갔다.

상훈은 석영에게 다가왔다.

"어때? 내 말 잘 듣지? 아까 말한 대로 난 조장이 됐고, 우리 조원은 내 말이라면 어떤 말이라도 들어. 나 먼저 가 볼

49

게. 우리 조원은 멍청해서 텐트까지 못 돌아갈 수도 있거든. 길 안내를 해 줘야지."

상훈은 기분이 좋은지 미소를 머금고 휴게실 밖으로 나갔다.

석영은 기분이 나빠졌다. 카레를 먹다가 이야기한 것이 진실인 것 같다는 생각이 들었다. 그냥 황당하게만 생각했는데 웃어넘길 일이 아니었다.

"저 아이들 뭔가 좀 이상하지 않아?" 옆에 있던 유선이 말했다. "걷는 것도 부자연스럽고. 꼭 공포영화에서 본 좀비 같아."

그래 좀비라고 했어. 좀비……

"유선아, 지금 본 것은 잊는 게 좋겠다. 아니, 신경 쓰지 마. 말려들어서 좋을 게 없을 것 같다."

"왜?"

석영은 망설였다. 확실하지도 않은 이야기를 해 줘야 할지도 몰랐고 상훈이 어떤 아이인지도 아직 확실히 몰랐다. 십팔 년 인생에서 나름 처음 해 보는 데이트인데, 그런 말도 안 되는 이야기를 늘어놓아야 하는 것인지 결정하기 힘들었다.

"무슨 일인데? 말해 줘. 넌 뭔가 알고 있는 것 같은데."

유선이 집요하게 물어보았다. 유선의 눈빛은 백열등을 받고 반짝였다. 그 눈빛에 넘어갔다.

석영은 이해되지 않을 것이라는 전제를 달고 낮에 상훈에게 들은 이야기를 전해 주었다. 의외로 유선은 쉽게 이해했다.

　"나도 그런 이야기를 들은 적이 있거든. 내가 아는 의사 선생님이 그러셨어. 어느 누구나, 아무리 청결한 사람이라도 기생충을 가지고 있다고. 모든 생물은 결국 기생충의 숙주일 뿐이라고. 그런데 기생충이 숙주의 행동까지 조절한다는 이야기는 신선한걸."

　유선은 뭔가 골똘히 생각하다가 말을 이었다.

　"내 말을 무조건 들어주는 사람이 있다는 건 멋지네."

　아마도 아버지가 반대만 하니까 자신을 믿고 따르는 사람이 있으면 좋겠다고 생각했으리라.

　유선은 조심스럽게 말을 꺼냈다. "아까 그 아이. 상훈이라고 했나? 나 좀 소개시켜 주면 안 될까?"

　"왜? 혹시 관심이 있는 거야?"

　석영은 일부러 장난기 어린 말투로 물어봤다.

　"아니, 그런 게 아니고. 네가 말한 게 진짜인지, 정말 그렇게 사람이 말을 듣게 만든 것인지 확인해 봐야 할 것 같아서 그래. 사고라도 생기면 안 되잖아."

　석영은 그 일에 끼어들고 싶지 않았다. 하지만 유선이 원하니 해야 하는 일이 되었다.

"그래, 같이 가 보자. 사실 조금 궁금하기도 하거든. 혹시 조원들이랑 짜고 우릴 놀리고 있는 것인지도 모르지. 그런데 일곱 시부터 식사 시간인데 밥 먹고 찾아가면 안 될까? 배고픈데."

5.
아이들 발밑에 깨진 병
Broken bottles under children's feet

1989년 7월 28일(금요일) 20:00

여름의 한가운데에서는 여덟 시가 돼도 해가 저물지 않는
다. 자유 시간 이후 아홉 시부터 마무리 토론과 보고서 작성
시간이라서 상훈을 찾아갈 수 있는 시간은 지금뿐이다.

상훈의 조가 있는 텐트로 찾아갔다. 상훈은 텐트 구석에
의자를 몇 개 붙이고 자고 있었다. 다른 조원은 의자에 얌전
히 앉아 있었다. 석영과 유선이 텐트로 들어와도 아이들은
아무 반응을 보이지 않았다. 반응이 없는 아이들을 보니 장
난인 것 같지 않았다. 아이들 눈동자가 붉게 보여서 소름이
끼쳤다.

"상훈아, 일어나 봐."

상훈은 석영과 유선을 보더니 일어나 앉았다. 그리고 잠에

서 덜 깼는지 주위를 둘러보다가 멍한 눈빛으로 자신을 쳐다보고 있는 조원을 보더니 흠칫 놀랐다.

"이제 풀어 줘야 하나⋯⋯." 상훈은 중얼거리듯 말했다.

유선은 그런 상훈을 뚫어져라 쳐다보았다.

석영은 일부러 덤덤하게 상훈에게 말했다.

"저녁도 먹지 않은 거야? 전혀 날씨를 고려하지 않은 멀건 곰탕이었지만."

"응, 저런 애들을 데리고 다니면 의심을 살 것 같아서 말이야. 여긴 애들이 밥을 먹든 안 먹든 별로 상관 안 하더라고. 학생 관리가 아주 엉망이야. 담장이 저래서 정문만 지키면 아무도 밖으로 못 나간다고 생각하고 있는 모양이야."

"아이들에게 무슨 짓을 한 거야?" 유선이 자기소개도 하지 않고 단도직입적으로 물어봤다. "정말로 네 말만 듣는 거야? 어떻게 풀어 줘야 하는 건데?"

상훈도 단도직입적으로 말했다. "왜? 왜 그걸 알고 싶은 건데? 너도 말 잘 듣는 부하가 필요한 사람인가?"

상훈은 버릇인 듯 사방을 둘러보다가 석영을 쳐다보고 말을 이었다.

"보나 마나 석영이가 네게 다 말해 줬을 테니 설명은 안 해도 되겠지? 난 아버지의 유지를 이어받고 있는 거야. 순수한 실험일 뿐이라고. 조금 있다가 이 아이들에게는 해독제를 줄 거야. 정확히 말하자면 구충제지만 해독제라고 말하는 편이 이해하기 편하겠지. 그러면 좀 졸리기는 하겠지만 정상으로 돌아올 거야. 네가 왜 이일에 관심이 있는지 모르겠지만 관심을 두지 않는 편이 좋아." 상훈은 자신의 손을 물끄러미 바라보았다. "오늘 실험을 해 보니 이 약을 없애는 것이 좋겠다는 생각이 들었어. 오늘 좋은 구경거리 하나 봤다고 생각하고 잊어 줘."

상훈의 손에는 파란색 캡슐이 들려 있었다.

"그래 네 말이 맞는 것 같아." 유선은 머뭇거리다가 말을 이었다. "그 약이 어떤 것이든 간에 내 말을 잘 듣는 사람이 있었으면 하고 순간적으로 생각했거든. 걱정도 됐지만 궁금해한 것도 사실이야. 미안하다 갑자기 찾아와서는……."

"그런 약 없이도 네 말을 잘 들을 사람이 있어."

석영은 괜히 말했나 싶었다. 만난 지 몇 시간도 안 됐는데 너무 적극적이었다. 유선도 그 마음을 알아챘는지 살짝 웃어 주었다.

"내 소개부터 다시 할게. 난 노유선이라고 해."

유선은 손을 내밀었다. 상훈은 자동반사적으로 그 손을 잡고 흔들었다. 유선은 말을 이었다.

"좀 더 소개하자면 국회의장의 딸이자 아버지를 가장 미워하고 있는 사람이지. 아버지는 그런 약 없이도 비열한 방법으로 사람들을 조종하는 사람이거든. 이 아이들에게 해독제부터 주고 그 약은 없애버리는 것이 좋겠어. 만약에 그 약이 우리 아버지 같은 사람 손에 들어가면 무슨 일이 벌어질지 상상조차 하기 싫으니까."

상훈은 곰곰이 생각하다가 입을 뗐다. "그런데 네가 그렇게 싫어하는 아버지의 생각도 이 알약 하나면 바꿀 수 있다고 생각하니 재미있지 않아?"

"그러면 더 살기 좋아질까?" 유선은 결심을 굳히려고 그러는지 고개를 좌우로 흔들더니 상훈을 똑바로 봤다. "아니, 그 약은 필요 없어. 그렇게 해서 아버지를, 아니 내 생각에 반대하는 사람을 없애 버린다면 결국 내가 아버지처럼 되는 거잖아. 내가 싫어하는 것을 없애서 결국은 다시 내가 싫어하는 것이 되는 건 싫어. 고마워 네 덕분에 내 생각이 더 확실히 정리됐어. 사실 좀 흔들렸거든."

유선은 석영에게 말했다. "가자 석영아. 내가 더 궁금해할 필요가 없을 것 같아."

"잠깐만 기다려." 상훈이 유선의 말을 끊었다. "조금 전만 해도 처음 보는 사람한테 이 이야기 저 이야기 하는 것이 바보 같다고 생각했는데, 나도 내 이야기를 좀 해야겠어."

상훈은 석영과 유선을 돌아보았다. 꼭 들어줬으면 한다는 그런 느낌을 그 눈에서 받을 수 있었다.

"아버지와 어머니는 내가 어렸을 때 이혼했는데, 어머니는 내 양육권을 쉽게도 포기했어. 아버지와 관련된 모든 기억을 지우고 싶다는 것이 그 이유였지. 그리고 아버지는 가출했어. 지금도 어디에 있는지 잘 몰라. 덕분에 난 할머니랑 살고 있어. 아버지는 꽤 능력 있는 의사였는데 미생물에 관심이 많았지. 사람이 어떤 경로로 병에 걸리는지를 연구하면서 미생물에 대한 관심이 높아졌다는 이야기를 들었어."

상훈은 또 주위를 둘러보았다. 조원들은 아직도 멍한 얼굴이었다. 상훈은 침을 한번 삼키고 다시 말을 이었다.

"그러다가 사람의 행동을 지배하는 기생충도 있겠다고 생각했대. 물론 다른 사람을 조종할 목적으로 연구한 것은 아니야. 인간의 행동이 특정한 질병 때문에 변할 수도 있다는 논문을 발표하려고 그런 것이었어. 논문 준비를 하던 중에 아버지가 레지던트로 일하는 병원에 입원한 엄마를 만난 거지. 아버지는 첫눈에 반했나 봐. 환자에게 반하는 의사 스토리는 흔하니까 대단한 일은 아니었지. 아버지는 엄마에게 적극적으로 구애했지만 엄마는 받아들여 주지 않았어. 그래서 사람에게 애정을 느끼게 하는 기생충은 없을까 하는 생각까지 한 거지. 엄마에게 여러 시도를 한 것 같아. 결국 엄마는 아버지의 사랑을 받아들였어. 아버지의 실험이 성공한 것인지, 구애 덕분인지 나는 알 수 없지만."

상훈은 조금 인상을 찌푸리다가 말을 이었다.

"그런데 내가 태어나고 나서 또 십여 년이 흐른 후 엄마는 아버지의 서재에서 실험일지를 발견했어. 거기에는 엄마에게 어떤 약을 먹였고, 어떤 실험을 했는지가 자세히 적혀 있었어. 엄마는 당황했지. 지금까지 자기가 한 행동이 과연 자기의 의지였을까, 하는 의문이 들기 시작한 거야. 그리고 더이상 같이 살 수 없다는 결론을 내렸어. 우울증에 빠져 고향으로 돌아가 버린 거야. 아버지에 관계된 모든 것을 청산해 버렸어. 나도 그 청산거리 중 하나였고 말이야."

"미안." 유선이 고개를 숙였다. "그런 일이 있었는지 몰랐네."

"네가 미안할 게 뭐가 있어? 지난 일을 이야기하는 것뿐인데. 어쨌든 난 아버지가 두고 간 실험일지를 발견했어. 아버지는 무책임하게 일기장이니 뭐니 다 놔두고 가출했거든. 난 그 실험이 궁금했어. 그래서 실험일지를 보고 하나하나 혼자 공부한 거야. 뭐가 뭔지도 모르는 공식을 어렵사리 해석해 내고 기생충 실험을 하려고 쥐를 기르고 토끼를 숙주로 사용하기도 했어. 하나하나 알아낼 때마다 이상한 희열도 생기더라. 그래서 맺은 결실이 바로 이 캡슐이야. 이 안에는 아직 학명도 붙지 않은 기생충 알이 들어 있어. 인체로 침입하면 급속도로 부화해 이삼 분 안에 뇌까지 도달하는 무서운 녀석이지. 뇌에 도착한 녀석은 움직임을 멈춰. 번데기처럼 말이야. 그런데 그동안 신경계 물질을 분비해. 이것이 사람의 생각을 멈춰 버리는 거야. 학교에서 날 미친놈 취급하는 녀석들에게 실험해 볼까 생각해 봤는데 내가 준 것은 먹으려 들지도 않더라? 그래서 이 캠프에 모일 똑똑한 놈들에게 한번 실험해 보고 싶었어. 자 이제 이 친구들을 풀어 줘야겠지?"

"이 아이들에게 한 짓으로도 넌 충분히 잔인해. 후유증이 없다고 하더라도 이 아이들 인생에서 몇 시간을 가지고 논 거니까." 유선의 목소리에 화가 섞여 있었다.

"잔인이라, 난 기생충이 낳은 자식이라 잔인이라는 말은 몰라."

상훈은 계속 미소를 띠면서 파란 캡슐 열 개를 꺼내 유선의 손에 쥐어 주었다.

"왜 이걸 나한테 주는 거지?"

"이것 역시 사람에 대한 실험이라고 할까? 일종의 심리 실험이야. 네가 이 약을 쓰는지, 버리는지 보려고. 내가 우리 집 이야기를 해 준 것도 사람에 대한 실험이라고 생각해. 그런 이야기를 들은 사람이 그 캡슐을 어떻게 사용하는지 보고 싶거든. 한번 마음대로 해 봐. 결과는 나한테 꼭 말해 주고. 이제 주의사항과 사용법을 알려줄게."

"나 이런 것 가지고 가기 싫어."

유선이 말했지만 상훈은 상관없이 말을 이어나갔다.

"첫째, 약을 먹고 이삼 분 후에 약효가 나타나면 눈을 마주해야 해. 난 아이컨택이라고 불러. 그리고 '내 말을 들어'라고 말해. 그때 아주 강력한 최면 효과가 일어나는 거야. 둘째, 이십사 시간이 지나기 전에 반드시 해독제, 정확하게 말하자면 구충제를 먹일 것. 셋째, 이 약은 기생충이기 때문에 내성이 없어. 즉, 한 번 걸린 사람도 약을 다시 먹으면 또 기생충이 생긴단 말이야. 넷째, 이 캡슐은 물에 녹는 성분이야. 음료수 같은 데 넣어서 먹이면 되겠지. 그러니까 습기가 많은 곳에 방치하지 마. 숙주의 몸에 들어가지 못한 알이야 금방 죽겠지만 혹시 모르니까. 다섯째, 이 캡슐과 관계된 모든 일은 다 나에게 말해야 해. 그래야 방책을 세울 수 있어."

거기까지 말하고 상훈은 다른 알약 아홉 개를 꺼내 조원들의 입에 넣어 주었다.

아이들은 모두 약속이나 한 듯 오랫동안 하품을 했다. 그러곤 멍한 표정으로 서로의 얼굴을 바라보았다.

"잘들 잤어? 어떻게 그렇게 동시에 낮잠을 자냐? 이제 토론 마저 해야지 벌써 저녁인데."

상훈은 능글맞게 조원들에게 이야기했다. 조원들은 영문을 모르겠다는 표정을 지었지만 왠지 제정신이 들고서도 상훈의 말을 고분고분 잘 따랐다.

1989년 7월 28일(금요일) 20:40

"그 캡슐 사용할 거야?"

석영은 상훈의 텐트를 나와 걷다가 유선에게 물어보았다.

"아니."

"그런데 왜 받아왔어?"

"글쎄, 잘 모르겠어. 한편으로는 상훈이가 불쌍해 보여서 책임을 나누어야 하지 않을까 하는 생각도 있고…… 어쨌든 중요한 약이잖아. 고민해 봐야지. 정말로 좋게 사용할 곳은 없는지. 잘만 하면 정신병이나 폭력적인 사람을 갱생시키는 용도로 사용할 수도 있을 것 같은데, 그것도 역시 그 사람에게는 정신적인 학대가 되려나?"

"넌 정말 생각이 많구나. 그렇게 신경 많이 쓰면 건강에 좋지 않은데 말이야."

"그러게, 강박 같은 건가 봐. 아버지나 오빠의 반대로 해야겠다는 생각을 많이 했더니 자연적으로 이렇게 돼 버렸네. 신경을 좀 덜 써야지. 미워할 놈은 확실하게 미워하고 말이야." 유선은 그렇게 말하며 웃었다.

"그래, 잘 생각했어. 미워할 놈은 미워하고 좋아할 놈은 좋아하고 그렇게 시원하게 살아 봐. 그런 의미로 담배나 한 대 피울까?"

"너부터 이 약을 먹어서 담배를 끊게 만들어야겠다."

61

"농담이야, 농담."

더운 날씨에다가 여러 가지 일이 겹쳐 땀이 많이 났지만, 유선의 머리에서는 싱그러운 샴푸 냄새가 났다. 가슴이 조금 두근거렸다.

"노유선!"

누군가의 고함이 좋은 기분을 망쳐 놓았다. 한 무리의 남학생이 이쪽으로 다가오고 있었다. 유선의 얼굴이 굳었다.

"너 연애질 하라고 아버지가 이 캠프까지 들러서 연설한 줄 알아? 조장도 못 됐다며? 집안 망신시키지 말고 의무실 가서 좀 누워 있다가 조퇴하고 서울로 올라가지 그래?"

설명하지 않아도 충걸이란 것을 알 수 있었다. 국회의장의 총애를 한 몸에 받는 넷째 아들. 노유선의 쌍둥이 오빠. 쌍둥이라 그런지 많이 닮기는 했다. 같은 얼굴이라도 남자다워지면 저렇게 되겠구나 하는 생각도 들었다. 하늘도 무심하게 좋은 집안에 공부도 잘하고 외모도 뛰어났다.

"그렇게 잘난 척하지 마. 내가 연애를 하는 것도 물론 아니지만, 여기 있는 석영이한테 그런 말은 실례잖아."

석영은 사실은 연애 중인데, 라고 생각했다. 하지만 괜히 집안싸움에 끼어들어서 시끄럽게 하고 싶지는 않았다.

"유선아, 바보는 상대하지 말고 교실로 올라가자."

석영은 말을 하고 나서야 상대방을 도발했다는 것을 알

았다.

"바보……라고 했냐?"

충걸의 목소리가 섬찟했다. 충걸이 흥분하기도 전에 그의 뒤에 있던 아이들이 보디가드인 양 앞으로 나섰다.

수적으로 불리하지만 석영도 더는 물러설 수 없었다. 유선이 지켜보고 있는데 뒤로 물러서면 그것으로 관계는 끝이다. 누군가 말려 주겠지.

그때 교실 쪽에서 현웅의 패가 몰려 나오다가 분위기를 파악하고 즉각 달려왔다. 충걸의 패는 앞장서서 달려오는 현웅을 보고 기가 죽었다.

"지금 뭐 하는 거야?"

현웅이 한 번 소리치자 움찔하는 기운이 확실히 느껴졌다. 충걸은 상황판단이 빨랐다. 수적으로도 앞설 수 없는 상황이 되자 바로 물러났다.

"내일 회의장에서 보자. 물론 넌 단상에 올라갈 수도 없겠지만. 네가 조장도 떨어졌다고 아버지에게 바로 알릴 수 없어서 아쉽다. 공중전화 한 대 설치되지 않은 것이 다행이지?"

충걸은 비웃음을 날리며 자리를 피했다.

"고마워. 너 아니었으면 몰매 맞을 뻔했어."

석영은 한숨을 쉬며 현웅에게 고마움을 표했다.

"아니야. 저놈이 네가 말한 그 재수 없는 오빠 맞지? 같은 조원인데 서로 돕고 살아야지."

현웅은 유선을 보고 웃었다. 유선도 미소로 답했다.

"시원한 음료수나 하나씩 먹자. 내가 쏠게." 유선은 모두에게 말했다.

"벌써 출출한데 빵도 먹어도 돼?"

"그럼."

석영의 조는 휴게실로 몰려갔다. 음료수란 이야기에 석영은 유선을 의심스러운 눈초리로 쳐다보았다. 설마 하는 마음이었다. 유선도 석영의 마음을 알았는지 작은 소리로 말했다.

"걱정하지 마, 이 캡슐은 다른 데 쓸 일이 생겼어. 마음 놓고 마셔도 돼. 정말 나쁜 놈은 조금 미워해도 되겠지?"

석영도 사용처가 대략 짐작은 됐다.

6.
막다른 골목에 있는 것은

Bodies strewn across the dead-end streets

1989년 7월 28일(금요일) 21:00

술자리는 빨리 끝났다. 이 차장은 2차를 가자고 주장했지만, 석근은 둘이서 가라며 자리를 털고 일어났다.

왜 아들을 정치 캠프에 보냈는지 이해가 되지 않았다. 분명 뭔가 생각하고 그곳에 가라고 했었는데……. 그날도 집에서 술을 마셨다. 술을 마시다가 갑자기 정치 캠프에 참가하라고 했다. 오토바이를 훔치려다 잡혔다고 그 벌을 준 것은 분명 아니었다. 이제는 술을 먹으면 자주 필름이 끊어졌다. 게다가 배가 나오기 시작했다.

마흔 살이 넘어가면서 천천히 사그라들고 있구나. 반짝이던 열여덟 살 때가 생각났다. 그러고 보니 그 친구도 안면도에 있을 텐데…….

바람이 살짝 불어 주는 저녁. 여전히 덥지만 풀벌레 소리만은 시원했다. 교실에 켜진 형광등에 불청객인 모기들이 들러붙어 있는 것이 신경 쓰였다. 오늘은 누구의 피가 빨리려나?

"내일 있을 연설회 준비해야지?"

유선은 현웅과 조원에게 의원 선출 연설회를 준비하자고 제안했다. 현웅은 내일 일은 내일 생각하자며 그냥 보고서나 쓰고 잡담이나 하다가 자자고 했다. 하지만 유선은 백 명이나 되는 사람들 앞에서 연설한다는 것이 쉬운 일이 아니라며 현웅을 계속 재촉했다.

현웅은 지기 싫어하는 성격 탓에 논쟁을 벌이다가 조장이 되기는 했지만 막상 정치에 관심이 있는 건 아니었다. 솔직히 조장에는 유선이 더 어울린다는 것도 알았다. 하지만 이미 조장 선출 결과가 보고된 상태라 바꾸는 것도 매우 귀찮은 일이 될 터였다.

"내가 조장인 것은 맞지?" 현웅이 갑자기 뭔가 떠오른 듯 말했다.

"그렇지. 네가 조장이니까 우리 조를 대표해서 멋지게 연설을 해 줘야지."

"그러면 조장의 권한으로 유선이 너를 정책담당관, 석영이 너를 대변인으로 임명한다."

"뭐?"

"내가 보기에 유선이 네가 여기서 제일 똑똑해. 그리고 생각도 많은 것 같으니 네가 주도적으로 연설문 작성을 담당하도록 해. 그리고 석영이 넌 말을 잘하잖아. 말을 많이 하는 것은 아닌데 이상하게 그런 느낌이 들어. 그러니까 나 대신 네가 앞에 나가서 연설해. 난 조장답게 뒤에서 힘만 주고 있을게."

"싫어. 좋은 건 너희가 다 하고 난 앞에서 말발만 세우라는 거야? 탐탁지 않은데?" 석영이 발끈했다.

유선이 조금 생각하는 듯하더니 말했다.

"아니야, 좋은 생각 같은데? 말을 잘한다는 것도 큰 장점이야. 연설은 말하는 내용보다 그 사람의 이미지가 좌우하는 법이거든. 가능성이 있어. 조장을 뽑으라고 했지 조장이 연설하라고 한 건 아니니까. 정책은 한 명의 생각이 아닌 조원 전부의 생각이 녹아들게 하면 되고."

"네가 그렇게 말한다면야⋯⋯."

고개를 끄덕일 수밖에 없었다. 석영에게 다른 사람을 설득하는 능력이 있는지는 모르겠지만 석영을 설득하는 최고 능력자는 유선이었다.

"내일 주제가 뭔데?" 현웅은 건성으로 물어봤다.

"안정과 번영."

"그거 어디서 많이 듣던 말이다."

"지금 나라에서 떠들고 있는 말이니까, 신문이나 이런 곳에서 들었겠지."

석영은 잠시 생각에 빠졌다. 문득 아버지의 말이 생각났다. 안정이란 지금 상태를 그대로 유지하자는 말이라고 했다. 가난한 사람은 그냥 가난하게 살고 갖고 있는 사람은 계속 가지고 가겠다는 말이나 똑같다고도 했다. 아버지는 술만 먹으면 철학자가 됐다. 그런데 더 나쁜 것은 어머니였다. 헛소리하지 말고 들어가 자라고 하면 될 것을 아버지의 술 상대까지 해 주면서 그 말을 다 들어주었다. 어머니는 아버지가 밖에서 말을 못 하는 사람이라 집에서라도 말하는 편이 좋다고 했다. 석영은 차라리 밖에서 말하고 집에서 조용했으면 좋겠다고 생각했지만, 지금은 귀에 박힌 아버지의 말이 도움이 될 듯했다.

"그 주제는 적합하지 않은 것 같아. 우리가 정부 정책을 찬양하려고 모인 게 아니잖아. 주제가 정해져 있으면 찬양대회가 될 가능성이 커." 유선이 말했다.

"지금 주제를 바꿀 수도 없어."

"아니 가능해. 내일 연설회 전에 행사 담당자인 보좌관이 잠깐 앞에서 말할 거야. 그때 내가 이의를 제기할게. 이런 걸 이용하고 싶지는 않지만 국회의장의 딸인 나를 쉽게 제지하지 못할 거야. 아무튼 딸은 딸이니까. 그 분위기를 타서 우리의 주제를 발표하고 진행하는 거지."

"그러면 우리 주제는 뭐지?" 석영이 말했다.

"그건 정책 담당관인 유선이 정해야지." 현웅이 말했다.

유선은 잠시 생각했다. 그리고 말했다.

"우린 반대로 가자. 개혁과 복지."

"복지? 뭘 볶지?"

현웅은 자기 농담이 재미있다고 생각했는지 그 큰 머리를 흔들어 가며 혼자 낄낄거리고 웃는다. 유선은 현웅을 한번 흘깃 봤지만 개의치 않고 말했다.

"복지란 말은 쉬운데 쉽게 답이 나오는 주제가 아니야. 하지만 현재 우리나라에서 가장 부족한 부분이야. 그러니까 준비를 잘해야 해."

"그런데 저쪽 조에 있는 충걸이란 녀석은 벌써 선거운동 시작했던데?"

현웅이 무슨 소식을 들었는지 말을 꺼냈다.

"어떻게 사전 선거운동을 하지? 주제만 알려줬지 어떤 조랑 한다는 것은 내일 연설회 직전에 알려준다고 했는데."

유선은 알겠다는 표정으로 말했다. "캠프 진행요원에게 알아냈겠지. 보좌관도 충걸의 말이라면 쉽게 들어줄걸?"

"혹시 네 오빠랑 같이 묶이면 어쩌지? 사전 선거운동도 한다는데 이길 수 있을까?"

"아니겠지. 우리 조원을 포섭하러 오지 않았잖아. 그리고 같이 묶인다고 해도 걱정하지 마. 내일 좀 정신없게 만들어 줄 생각이니까 말이야."

석영은 캡슐이 생각나서 웃었다. 연설회장에 멍하니 서 있는 충걸의 모습이 떠올랐다.

현웅은 석영이 왜 웃는지 모르겠다는 표정이었지만 내일 있을 연설회 준비를 같이 하고 있었다.

* * *

문밖에 그림자가 하나 있었다. 항상 충걸을 따라다니는 충직한 부하이자 친구인 효상이다. 어떤 연설을 준비하는지 미리 알아보려 한 것이다. 하지만 연설 내용보다 유선이에게 꿍꿍이가 있다는 것을 알아낸 게 더 큰 소득이었다.

분명 충걸에게도 좋은 정보가 될 것이다.

1989년 7월 28일 (금요일) 22:10

"일찍 들어왔네?"

아내 소영은 텔레비전을 보다가 석근이 들어온 것을 보고 말했다.

"응, 그냥 석영이를 먼 곳에 보내 놓고 왠지 신경이 쓰여서 술이 넘어가지 않더라고."

"뭐, 외박 한두 번 하는 것도 아닌데."

소영은 무심한 듯 말했다.

"그런데 혹시 내가 뭐 하다가 석영이에게 캠프 참가하라고 했는지 기억나?"

"별로, 그냥 평소처럼 집에서 술 한잔하면서 텔레비전 보고 있었는데."

"텔레비전에서는 뭐가 하고 있었는데?"

"그냥 뉴스였던 것 같은데…… 천안문사태 특집이었나? 왜 사람 한 명이 탱크를 막고 서 있는 걸 보고 저거 보라며 나한테 뭐라고 한 것 같은데."

그날은 천안문 사태가 일어난 지 한 달이 조금 지났을 때였다. 중국의 많은 대학생이 시위를 벌이다 군인에 의해 죽임을 당한 사건이었다. 시위대를 향해 달려오는 탱크 앞을 홀로 막아선 사람의 모습이 방송을 타고 전 세계로 퍼져 나갔었다.

석근은 그제야 기억이 났다, 그날의 기분이. 그 장면을 보고 알 수 없는 감동을 받았었다. 열여덟의 그때가 생각났다. 아들을 캠프에 보낸 이유는 그것이었다. 주눅들지 말고 맞서 싸우라고. 누구와? 그건 모르겠다.

1989년 7월 29일(토요일) 07:00

기상 음악이 울린다. 방학이라서 조금씩 기상 시간이 늦어져 있던 차라 석영은 눈꺼풀을 들어올리기가 힘들었다. 하나둘 학생들이 운동장에 모인다. 정해진 일정이 은근히 압박을 준다. 세수도 안 하고 나온 아이들의 부스스한 얼굴. 각양각색의 체육복. 그 와중에도 말끔히 차려입은 여학생도 있다.

진행요원이 단상 위에 올라서고 아침체조가 시작된다. 또 다른 하루의 시작이다.

아침 식사 후에는 조별로 준비 시간이 주어진다. 어제 저녁에도 두 시간이 넘게 이야기를 주고받았지만 사람마다 생각하는 복지라는 개념이 모두 달라서인지 이견이 좁혀지지 않았다.

다시 이야기를 해 봐야 할 것 같았다. 어쨌거나 평소에 느껴보지 못한 맑은 아침 공기였다.

1989년 7월 29일(토요일) 08:00

가볍게 아침 식사를 한 후 유선은 충걸을 찾아갔다. 충걸의 조는 이미 준비 중이었다. 항상 붙어 다니는 효상이는 자신이 속한 조를 팽개치고 충걸의 조에 붙어서 준비를 도와주고 있었다. 도대체 충걸에게 무엇을 얻으려고 저렇게 열성인지 유선은 이해하지 못했다.

유선은 최대한 침착한 표정으로 충걸에게 접근했다.

"참, 어제는 잊었는데 말이야. 이거 오빠하고 같이 먹으라고 엄마가 주신 거야. 밖에 나가면 체력 떨어진다고 꼭 챙겨먹으래."

유선은 퉁명스럽게 파란 캡슐을 충걸에게 내밀었다.

"뭔데?"

"몰라, 엄마가 준 거야. 엄마의 건강염려증은 대단하잖아."

"알았어."

캡슐을 받아든 충걸이 먹으려 하자 조금 떨어진 곳에서 지켜보던 효상이 급히 충걸을 막았다.

"잠깐! 이게 무슨 약인 줄 알고 먹어? 내가 어제 들은 이야기가 있는데 말이야." 효상은 유선을 노려보았다. "이게 혹시 그 작전이야?"

"작전이라니?"

충걸이 의아한 눈초리로 되물었다.

"어제 내가 '충걸이를 정신없게 만들겠다'고 한 이야기를 들은 것 같은데?" 효상은 유선을 다그쳤다.

"무슨 소리야? 엄마가 준 거라니까."

"그럼 네가 먼저 먹어 보든지."

"난 아침에 이미 먹었어."

두 사람의 다툼에 충걸이 끼어들었다.

"그리고 보니 좀 이상한 게 있어. 네가 긴장하지 않고서야 나한테 오빠라고 부를 리가 없잖아. 엄마한테 물어보면 좋겠지만 지금 그럴 수 없으니, 네가 먹어 보는 수밖에 없겠네."

"싫어!"

유선은 그 자리를 빠져나와 도망가려 했다. 하지만 효상이 먼저 유선의 팔을 잡아 뒤로 꺾어 버려서 도망갈 수 없었다.

"다들 걱정하지 마. 남매끼리의 집안싸움이니까. 다들 이 정도는 하잖아?"

충걸은 눈이 휘둥그레져서 쳐다보고 있는 다른 조원에게 태연하게 말하고 유선의 주머니를 뒤졌다. 유선의 주머니에서는 비닐에 들어 있는 파란 알약 아홉 개가 더 나왔다.

"오호라? 영양제를 병도 아니고 이런 허술한 비닐봉지에 넣어서 준다는 말이지?"

충걸은 비닐봉지를 자신의 주머니에 넣은 뒤 캡슐 하나를 유선의 입에 집어넣었다.

"삼켜. 입 안에 아무것도 없다는 것을 확인해야 보내줄 거니까."

유선은 당황해서 눈물이 났다. 왜 항상 당하기만 하는 걸까?

충걸은 유선이 입을 벌려 아무것도 없음을 확인해 준 다음에야 효상에게 팔을 풀어 주라고 했다. 유선은 팔이 풀리자마자 정신없이 달렸다. 해독제를 들고 오지 않은 것이 후회됐다. 그보다 자신의 행동 자체를 후회했다. 약 때문에 벌어진 일은 무조건 자신에게 알려 달라고 한 상훈에게 달려갔다. 해독제를 먹기도 전에 몸에 이상이 일어나면 큰일이었다. 벌써 몸이 무거워지는 느낌이다.

* * *

효상은 유선이 달려가는 모습을 뒤에서 지켜보다가 충걸에게 귓속말을 하고 씩 웃었다.

"그래, 너 좋을 대로 해."

충걸은 효상에게 캡슐이 든 봉투를 건네주었다.

1989년 7월 29일(토요일) 08:30

상훈은 한숨을 내쉬었다. 다시 조장이 되어 있었다. 해독제를 먹고 난 후 아이들에게 다시 토론하자고 했지만 제대로 진행되지도 않았고, 약의 후유증 탓인지 다들 상훈이의 말에 동의했다. 그런데 조장은 싫다는 말에까지 동의하지는 않았다. 그 정도로 바보가 되는 건 아닌 것 같아서 한편으로는 다행이었다. 백 명 앞에서 연설할 생각은 절대 없던 상훈에게 조장 임무는 큰 골칫거리였다. 진짜 백 명에게 약을 먹여 볼까, 하는 생각까지 떠올랐지만 약도 충분하지 않았고 그 많은 인원을 통제할 방법이 없었다. 그냥 십 분간 죽었다고 생각하고 대충 넘어가기로 했다.

그런데 갑자기 텐트가 활짝 열렸다. 어제 석영하고 같이 왔던 유선이라는 여자아이가 상훈의 시선에 들어왔다. 땀을 비 오듯 흘리며 매우 당황한 얼굴로 들이닥쳤다.

"상훈아, 나 약 먹었어. 어떻게 해야 하지?"

상훈은 조원 앞이라 텐트 밖으로 유선을 데리고 나갔다. 유선은 매우 급해 보였다. 온몸을 떨며 계속 해독제를 부탁했다.

"너도 해독제 가지고 있잖아?"

그 순간 유선의 눈이 붉은빛을 띠었다. 상훈은 사태를 알아차렸다. 일단 유선을 자신의 통제하에 두는 것이 안전하다고 판단했다. 상훈은 유선과 눈을 맞췄다.

"넌 지금부터 내 말을 듣는다."

유선의 눈은 이제 확연히 붉어졌다.

"여기서 꼼짝 말고 기다려."

유선은 눈에 초점이 있는 듯 없는 듯, 가만히 서 있었다. 숨소리는 매우 약해졌다. 억지로 숨을 조금씩 쉬는 듯한 작은 쌕쌕 소리만 들릴 뿐이었다.

상훈은 재빨리 텐트로 들어와서 가방을 뒤졌다. 붉은색 알약이 몇 개 나왔다. 밖으로 나온 상훈은 유선에게 알약을 먹였다. 몇 분이 흐르자 유선의 눈이 정상으로 돌아왔다. 그러곤 역시 길게 하품을 했다. 상훈의 얼굴을 보자 유선은 다시 급박하게 매달렸다.

"빨리 해독제 좀……."

"이미 해독은 됐어. 정확하게는 구충제라고 전에도 말했지만. 기분이 어때?"

"글쎄, 좀 졸리고 어지럽고, 잠시 기억이 사라진 것 같아."

"해독제 가지고 있잖아? 왜 안 먹었어?"

"내 뜻으로 먹은 게 아니고 억지로 먹은 거라 너무 당황해서 너한테 달려와야 한다는 생각밖에 없었어."

"나에 대한 느낌이 어때?"

"몰라, 어제랑은 좀 다른 것 같은데 모르겠어. 지금은 정신이 없어."

"그래? 그러면 지금 당장 뛰어가서 석영이 좀 불러와."

"그래, 알았어."

유선은 상훈의 말이 끝나기가 무섭게 달리기 시작했다.

잠시 후 석영이 영문을 모르겠다는 표정으로 유선과 함께 헐레벌떡 달려왔다. 석영은 상훈을 보자 질문을 퍼부었다.

"무슨 일이야? 무슨 일이 난 거야? 왜 이렇게 급한 건데?"

"아니야, 급한 것은 없었어. 단지 실험해 본 것뿐이야. 구충제를 먹은 다음에도 후유증 같은 것이 남는지 알아본 거야. 확실히 후유증이 있는 것 같아. 유선이는 내가 너를 데리고 오라고 말하니까 아무 이유도 묻지 않고 무조건 달리기 시작했어. 잠재의식 속에 지배당했을 때의 잔상이 남는 것 같아."

상훈은 목소리를 줄이며 말을 이었다.

"우리 조원들도 내 말을 지금 무지하게 잘 듣고 있어. 감염되었을 때와는 다르지만 뭔가 머릿속에 트라우마처럼 각인돼 버리는 것이 있는 것 같아."

유선이 그 말에 끼어들었다.

"난 석영이를 당연히 데리고 와야 한다고 생각해서 달린 거야. 그게 네 말을 들었다는 증거가 돼?"

"확실한 것은 아니지만, 이유도 안 물어보고 그렇게 내달렸다는 것은 몸이 먼저 반응했다고 봐도 되는 거지. 어쨌든 왜 캡슐은 먹은 거야?"

"미안, 사실 캡슐을 충걸이한테 빼앗겼어."

석영은 화들짝 놀랐다. "진짜야? 게네는 그게 무슨 약인지 아는 거야?"

"아마 모를 거야. 뭔가 좋지 않은 약이란 것 정도만 알겠지. 수면제 정도로 생각할 수도 있고."

상훈이 정색하며 말했다. "어떤 약인지 모르고 가져갔다 하더라도, 자기들이 먹지는 않겠지? 분명히 너희에게 먹이려고 들 것이 틀림없어. 지금 이 해독제를 좀 더 줄 테니까, 게네가 주는 건 아무것도 먹지 말고 혹시라도 기분이 이상하면 이 해독제를 꼭 먹어. 난 그 약을 다시 찾아올 방법을 생각해 볼게."

골치 아프게 됐다. 이곳이라면 책임질 일이 없을 것 같아서 캠프까지 와서 실험해 본 것인데 점점 책임질 일이 늘어나고 있었다.

상훈은 석영과 유선의 번갈아 보았다. 그러고 나서 뜻 모를 미소를 지으며 유선에게 말했다.

"그리고 말이야. 석영이 참 좋은 놈이야. 한번 사귀어 보는 건 어때?"

7.
귀 기울이지 않았어
I won't heed the battle call

1989년 7월 29일(토요일) 09:00

효상은 식당 겸 휴게실로 들어갔다. 효상은 충걸을 따라다니는 것이 재미있었다. 충걸은 야심이 크고 생각하는 것도 달랐다. 게다가 부모의 후광이 있어서 성공은 보장돼 있었다. 충걸은 패를 갈라서 상대는 철저히 짓밟고 같은 편은 확실히 보호해 주었다. 효상은 그 보호 아래 들어가 있는 것이다. 웬만한 짓은 충걸이 무마해 주었고, 또 충걸이 시키는 '나쁜 짓'은 재미도 있었다.

효상은 아까 유선이 달려가는 모습을 보고 설사약일 것이라고 추측했다. 급하게 달려가는 모습이 설사약을 먹고 난 후의 행동 같았기 때문이다.

'장난하고는······.'

효상은 파란 알약 아홉 개를 아이들이 이용하는 물통에 넣을 생각이다. 커다란 물통이 다섯 개나 있었다. 이 큰 통에 알약 한두 개 넣어서는 효력도 없겠지만 민감한 녀석이라면 화장실을 몇 번 들락거리리라 생각하니 그 일도 재미있었다.

효상은 몰래 물통 뚜껑을 열고 알약을 두 알씩, 그리고 마지막 통에다 한 알을 넣었다. 캡슐 형태의 알약은 물에 들어가자 녹기 시작했다. 그 안에서 약간 탁한 액체 형태의 무엇인가가 흘러나왔다. 그리고 곧 물속으로 섞여 들어가 아무 흔적도 남지 않았다.

효상은 생각했다. 제발 날이 더웠으면 좋겠다고. 그래야 아이들이 물을 많이 마실 테니. 효상은 그러고 보니 목이 말랐다. 조금 찜찜하긴 했지만 수돗가에 가서 물을 마셨다. 절대 식당 물통의 물은 마시지 않을 생각이다.

1989년 7월 29일(토요일) 10:00

오후 연설회 전에 전체 모임이 있었다. 하필 햇볕이 뜨거워지기 시작하는 이런 시간에 운동장에서 전체 모임을 한다는 것이 달가운 사람은 없었다. 대통령이 군인 출신이라 행사도 군대식이라고 뒤에 서 있던 진행요원이 쑤군대는 소리가 들렸다.

이현재 보좌관이 앞에 나왔다.

"안정과 번영은 이 시대가 원하는 진정한 국가적 가치입니다. 이미 작년에 팔팔올림픽으로 국가의 힘을 널리 세계에 알린 우리입니다. 이제 국민 모두가 자신의 맡은 바 목표를 백이십 퍼센트 달성해서 선진국으로 가는 발판을 마련해야 하는 시기이기도 합니다. 그 정신을 청소년이 이어받아 국가의 번영을 위해 힘쓰도록 합시다."

이현재가 연설을 마치기도 전에 유선이 손을 들고 일어섰다.

"보좌관님, 안전과 번영이라는 주제도 좋지만 한 가지 주제로는 학생들의 자유로운 생각을 다 담아낼 수 없을 것 같습니다. 주제를 자유로 주는 것이 어떨까요?"

이현재는 얼굴을 알아봤다. 노영걸 의장의 미운 오리 새끼이자 쌍둥이 딸이다. 뭐가 저렇게 반대할 일이 많은지 이해할 수 없었다. 아버지의 일이라면 사사건건 반대였다. 반대를 위해 태어난 아이 같았다. 그래도 딸은 딸인지라 무시할 수는 없었다.

반대편에서 충걸이 일어나 담담한 어투로 말했다.

"보좌관님? 정해진 주제를 즉흥적으로 바꾸는 건 혼란을 초래합니다. 잘 결정을 내려 주십쇼."

그러자 효상이 일어나서 소리쳤다. "유선이 너는 자리에 앉아!"

"시끄러워, 너나 앉아!" 유선도 지지 않고 맞받아쳤다.

충걸을 따르는 아이들이 벌떡 일어났다. 원래 충걸을 따르던 패거리와 이곳에 와서 포섭한 아이들까지 열댓 명이나 됐다. 그 모습을 보고 가만히 앉아 있을 현웅이 아니었다. 현웅이 벌떡 일어나자, 현웅을 알아본 아이들이 같이 일어났다. 일촉즉발의 팽팽한 긴장감이 흘렀다. 진행요원들이 뒤에서 앉으라고 소리를 질렀지만 이미 일어선 아이들은 꼼짝도 하지 않았다.

"싸우지는 말자. 힘으로 해결하려 들면 똑같은 사람이 되는 거니까."

유선이 현웅을 말렸다. 상황이 어수선하게 돌아가자 석영이 일어났다.

"안정과 번영이라는 주제가 좋지 않다고 말하는 사람은 없습니다. 다만 안정과 번영 외의 주제도 인정해 달라는 말입니다. 여러 주제에 대한 연설이 있어야 듣는 입장에서도 지루하지 않을 것입니다. 아니면 연설하기 전에 지루하지 않게 노래라도 한 번씩 하고 시작하는 것은 어떨까요?"

삭막한 분위기에서 석영이 농담 섞어서 이야기하니 다른 아이들도 호응했다.

보좌관은 돌아가는 꼴이 기분 나빴다. 안정과 빈영이라는 주제로 당의 이미지를 쇄신하겠다고 의장에게 보고까지 했는데 다른 주제가 끼어드는 것이 마음에 들지 않았다.

게다가 능글맞게 노래라도 부르겠다는 녀석을 보니 왠지 모르게 예전 학생운동을 할 때의 일이 떠올랐다. 신촌에서 각 대학 대표자들이 모여 시국을 토론하는 날이었다. 어쩔 수 없으니 당시의 혁명 정부를 인정하고, 대신 대학생으로서 정부에 요구할 것을 요구하자는 자신의 의견에 지방에서 온 한 녀석이 반대하고 나섰다. 혁명 정부가 아니라 쿠데타 정부이니 인정할 수 없다며 반대 발표를 했고, 다들 그 녀석의 말에 호응하는 바람에 그 자리에서 시위가 시작됐다. 결국 경찰에 지도부 대다수가 잡혀 들어가 치도곤을 당했다. 생각 없이 감정만 앞세우는 놈들 때문에 손해만 본 기억이다.

현재는 소란을 피우고 있는 학생들을 다시 쳐다보았다. 어린 자식이 뭘 안다고 저렇게 까불어 대는지 이해할 수 없었다. 두드려 패서라도 조용히 시키고 싶었다. 하지만 참아야 했다. 혹시라도 안 좋은 이야기가 새나가면 곤란하다. 강압적이지 않았다는 인상을 줘야 한다.

"그러면, 여러 학생의 의견을 절충해서 이번 연설은 안정과 번영을 주제로 하되, 기타 주제가 있는 사람은 발표해도 좋은 것으로 하겠습니다."

유선의 조원들이 손뼉을 치며 환호했다.

충걸은 현재를 보고 '저 인간도 물러서 글렀어' 하고 생각했다.

1989년 7월 29일(토요일) 12:00

어느덧 점심시간, 뭔가 먹기는 해야 했다. 충걸이 패거리가 무슨 짓을 할지는 모르지만 자신이나 유선이를 노린다면 누가 먹을지 알 수 없는 점심 식사에 약을 타지는 않을 것이라고 석영은 추측했다.

유선은 밥맛이 없어서 교실에서 쉬겠다고 말하고 들어갔다.

점심은 어묵탕과 기본 반찬이었다. 석영은 혹시나 해서 어묵탕은 생략했다. 현웅은 덩치에 맞게 남들 두 배만큼 밥과 국을 퍼왔다. 어머니가 식당을 한다고 들었는데, 집에서도 저만큼 먹는지 궁금했다.

식단만큼은 정말 센스가 없다. 임시 텐트에서 이 더운 여름날 밥을 먹는데, 항상 뜨거운 음식이 나온다. 이열치열이라는 말을 신봉하는 주방장이 안에 있거나 아니면 더운 여름에 고생하는 학생들을 데려다 놓고 고문하는 것이 취미인 윗분이 계시리라.

그냥 밥만 먹자니 심심해서 현웅에게 뭔가 이야기를 하려고 앞을 봤다. 이미 현웅은 식판을 들고 어묵 국물을 훌훌 마시고 있었다. 아직 김이 모락모락 나고 있는 국물을 찬물 마시듯 꿀꺽꿀꺽 마시는 것을 보면 이 녀석은 위장마저도 보통 사람이 아니다.

멀찍이 앉아 있는 충걸의 패거리를 살펴보았다. 아무런 움직임이 없다. 그냥 약을 빼앗았을 뿐 그 약이 무언지도 모르니 함부로 사용하지는 않을 것이다.

남들 두 배의 어묵 국물을 마신 현웅은 아주 정상적으로 멀쩡했다. 국물 없이 밥을 먹어서인지 석영은 목이 말랐다. 그냥 어묵탕을 먹을 걸 그랬나, 하는 후회가 살짝 들었지만 식판을 반납하고 물통의 물을 마시는 것으로 대신했다. 물도 미지근했다.

물을 마시다가 충걸의 패거리와 눈이 마주쳤다. 충걸은 자신 앞에 있는 컵을 잡더니 건배를 제의하듯 앞으로 손을 내밀었다. 석영은 무시하기로 했다. 괜히 반응해 줄 필요는 없었다.

1989년 7월 29일(토요일) 13:30

오후 연설회가 시작됐다. 책상을 모두 치우고 의자를 열 개씩 열 줄로 배치했다. 다닥다닥 붙어 앉아 있어야 해서 답답했다.

"저는 제주도에서 올라왔습니다. 그래서 성이 고씨지요. 제주에 돌에 많아서 이름은 형석이고요. 우리 대한민국 국민은 전쟁의 상흔을 세계 어느 나라보다 빨리 치유하고 국가 발전을 이루었습니다. 뭉치고 단결하면 못할 게 없습니다. 하면 된다는 의지를 모든 국민이 가지고 있다면 앞으로 더 큰 발전이 있을 것입니다. 그런 길잡이 역할을 하는 것이 정치인이고……."

다른 조의 발표가 고리타분하게 이어졌다. 석영은 따로 연설문을 준비하지 않았다. 즉흥적인 게 생동감이 있을 것이다. 그냥 아버지가 술 마셨을 때 어머니를, 혹은 자신을 앞에 두고 주저리주저리 했듯이 옳은 말만 하면 되겠지. 그런데 왜 자꾸 아버지의 말이 떠오르지? 이게 주입식 교육의 폐해다.

연설이 끝나자 몇몇 아이들이 예의상 박수를 쳤고 다른 조 조장이 단상에 올라갔다. 손에 두툼한 메모지가 들려 있는 것을 보니 아이들의 머리를 쥐어 짠 자료가 저 만큼인 모양이다. 단상에 올라가서도 한참 동안 말을 하지 못하고 메모지만 뒤적거리고 있다. 결국 앞선 연사의 말에 동의한다는 등의 말을 몇 마디 하더니 자리로 돌아갔다. 열심히 조사한 자료가 앞에서 말한 내용과 똑같아서 당황한 모양이다. 그래도 몇 명은 박수를 보내 주었다.

이제 석영의 조 차례였다.

"잠깐 너희 조장은 박현웅 학생인데, 넌 지석영이네?"

진행요원이 메모지를 보면서 지적했다.

"예, 전 대변인입니다. 우리 조장이 생각은 깊지만 너무 거칠게 생겨서 청중들이 겁을 먹을까 봐 대변인 제도를 사용하기로 했습니다. 그리고 우리 조는 조장 한 사람의 생각대로 움직이는 조직이 아니라서 전 조원이 맡은 역할이 있습니다. 대통령 중심제가 아니라 내각제라고 생각하시면 될 것 같습니다."

쉰은 되어 보이는 진행요원은 "뭐 누가 발표하라고 적혀 있지 않으니까"라고 하며 석영이 연설하도록 해 주었다.

"에……. 여러분은 지금 안정과 번영이라는 주제를 가지고 이야기를 나누고 있습니다. 다 좋은 이야기입니다. 안정 그리고 번영. 하지만 안정과 번영을 원하는 이유는 무엇입니까? 안정과 번영으로 누가 이익을 얻습니까? 쉽게 답이 떠오르지 않을 겁니다. 우리 국민 모두라고 생각하시는 분은 매우 순진한 분입니다. 안정과 번영, 그 단어 자체는 좋습니다. 하지만 번영 뒤에는 수많은 사람의 희생이 있었습니다. 우리나라를 말하는 게 아닙니다. 산업혁명 이후 전 세계에서 벌어진 일을 이야기하는 것입니다. 고대부터 인간은 일하고 싶으면 일할 수 있었습니다. 적어도 산업혁명 이전에는 말이죠. 그러나 산업혁명 이후에는 일하고 싶어도 일할 수 없게 됐습니다. 그 시스템에 맞는 사람이 아니면 말이죠. 개인은 공장의 부속이 되었고 적합하지 않은 사람은 잉여 인간이 됐습니다. 잉여 인간은 점점 나락으로 떨어질 수밖에 없습니다. 그동안 번영이란 말 속에 개인의 희생이 있었다는 사실은 아무도 알려주지 않았습니다."

이것은 유선이 말해 준 내용이다. 번영이라는 뜻을 이렇게도 해석할 수 있구나, 하고 생각하게 해 주었고 조원 모두가 약간 충격을 받았다. 연설을 듣는 아이들은 지금까지와는 다른 내용이 나오자 주목했다. 진행요원도 석영의 말을 진지하게 듣는 눈치였다.

석영은 잠시 말을 멈췄다가 다시 시작했다.

"안정을 가장 바라는 사람은 또한 누구이겠습니까? 현재 안정을 바라는 사람은 이미 가질 대로 가진 사람입니다. 가질 대로 가진 사람이 자본을 투자합니다. 돈이 돈을 버는 것이죠. 돈을 빌려주고 이자를 받고 원금을 회수하려면 사회가 안정돼야 합니다. 유럽이 여러 나라가 모였음에도 안정적으로 유지된 요인은 서로의 평화를 강제한 강력한 자금력이 있었습니다. 즉, 말의 뜻은 좋지만 그 이면에서 누가 안정과 번영을 바라는지, 그리고 누가 가장 이익을 얻는지 생각하자는 의미에서 말문을 열었습니다."

석영은 자신감이 붙어서 동작과 목소리가 동시에 커졌다.

십대란 기본적으로 반항이 장착돼 있는 존재다. 모두가 좋다고 해도 눈곱만큼이라도 반대할 거리가 있으면 반대한다. 그 반대할 거리를 석영이 던져 주었다.

"원래 한 조에 주어진 시간은 십 분 정도인데 아무래도 시간이 남을 것 같으니 이 분간 노래하겠습니다. '희야! 날 좀 바라봐. 너는 나를 좋아했잖아……'."

석영은 뜬금없이 노래를 불렀다. 진짜로 노래를 준비한 것이다. 효과는 만점이었다. 조금 당황스러워하긴 했지만 금방 아이들의 얼굴에 웃음이 일었다. 옆 반에서 연설회를 진행하던 진행요원 한 명도 창문으로 흘끗 바라보았다.

노래를 적당히 마친 석영은 연설을 이어갔다.

"자, 이제 본론입니다. 그러면 우리 세대가 이루어야 할 것은 무엇일까요? 지금 우리나라에서 가장 부족한 걸 생각하면 됩니다. 바로 개혁과 복지입니다. 그동안 국가발전이라는 이름 뒤에 버려진 분야입니다. 특히 복지에서 개혁이 일어나야 합니다. 우리나라의 복지제도 하면 무엇이 생각납니까? 국민연금, 의료보험, 저소득층지원, 이런 게 있습니다. 자 이 제도들의 공통점을 말해보실 분 계십니까?"

아이들은 잠잠했다.

"그럼 제가 생각한 공통점을 말씀드리겠습니다. 이 제도의 공통점은 안 좋은 상황이 되어서야 혜택을 본다는 것입니다.

국민연금은 늙어서 돈 쓸 일이 적어질 때 돈이 나옵니다. 의료보험은 몸이 아파야 돈이 나옵니다. 저소득층 지원금은 못 살아야 돈이 나옵니다. 뭔가 좀 이상하지 않습니까? 왜 안 좋은 상황으로 사람을 몰아넣고 그제야 조금 선심을 쓰는 겁니까?"

진행요원이 노트를 펴고 뭔가를 적기 시작했다. 자퇴, 퇴학, 근신 그런 단어들이 떠올랐다. '에라, 모르겠다.'

"우리 조의 주장은 그렇습니다. 이왕 줄 거라면 필요할 때 왕창 주자는 겁니다. 그것도 한창 일할 수 있을 때 왕창 주면 복지는 스스로 해결할 수 있을 것입니다. 대한민국 모든 국민이 만 스무 살이 되면 무조건 현금으로 오백만 원 정도씩 줍시다. 고등학교를 졸업하고 바로 생업에 뛰어들어야 할 사람에게는 종자돈이 됩니다. 작은 가게를 시작할 수도 있고, 결혼자금이 될 수도 있습니다. 지금 대학교 등록금이 오십만 원 정도니까 학문에 뜻이 있는 사람은 사 년 동안 학자금으로 사용할 수 있습니다. 한마디로 오백만 원이면 미래를 만들 수 있습니다. 자본주의사회에서 자본이란 얼마나 중요한 것인지 다들 잘 아실 겁니다. 자본을 투자한 사람이 혜택을 받는다는 것이 자본주의의 기본 원리입니다. 가난한 사람이 계속 가난한 이유는 투자할 자본이 없기 때문입니다. 그들에게 유일한 희망이라면 자식들이 좋은 학교 가서 좋은 직

91

장을 얻는 것인데 대학교를 갈 학자금이 없어서 학업을 포기합니다. 그러면 악순환이 계속됩니다. 부자에게는 돈을 주지 말고 가난한 자에게만 돈을 주자는 것도 아닙니다. 공평하게 누구든지, 이유를 묻지 말고 스무 살이 되면 바로 현금으로 지급하는 겁니다. 부자에게 오백만 원은 아무것도 아닐지 몰라도 세상에 처음 발을 내딛는 이십대에게는 미래가 될 수 있습니다."

스무 살까지 얼마 안 남은 학생들이 모인 곳이라서인지 이때 박수가 한 번 터져 나왔다. 석영은 박수를 받자 두 손을 맞잡고 위로 들어 올리는 퍼포먼스까지 선보였다. 풀이 죽어 있던 유선도 웃음을 띠었다. 오백만 원 이야기는 석영의 아버지가 하던 이야기다. 대학교 등록금이 일 년에 백만 원 정도니까, 사 년 계산해서 사백만 원, 그리고 생활비 조로 백만 원을 더해서 오백만 원만 지원하면 세상에 가난이 없어질 것이라고 했다. 가난이 없어지면 세금도 많이 걷을 수 있어서 결국 나라는 부강해진다고 했다. 처음에는 석영도 말도 안 되는 이야기라고 치부했지만 이곳에 와서 생각해 보니 그럴듯했다.

"불가능하다고요? 물론 지금 당장은 무리입니다. 고등학생 몇 명이 머리 맞대고 생각한 게 얼마나 완벽하겠습니까? 하지만 기본적으로 이런 목표로 가지고 지금부터 천천히 준비해 나간다면 곧 실현 가능해질 것입니다. 우리 조원인 노유선 학생은 쌍둥이라 한 번에 천만 원이 생길 테니 한턱 얻어먹어야겠습니다."

여기서 다시 아이들이 웃었다.

"어쨌든 상상만 해도 기분 좋은 그런 정책이 바로 우리가 현실로 만들어야 할 정책입니다. 자, 지금까지 박현웅 조장을 대신하여 말씀드렸습니다. 박현웅을 국회로, 아니 백 인의 대표로 뽑아줍시다."

석영은 그렇게 연설을 마쳤다. 연설 안에 한 사람 한 사람 모두의 행복을 추구한다는 유선의 의지도 담았고, 그 의지를 실현하려고 현웅이 이야기한 조직의 힘도 사용했다. 그리고 석영은 자신의 장기인 연설을 마음껏 펼쳐 보였다. 모두의 뜻이 들어감으로써 모두가 행복한 결과가 나왔으니 유선도 이 캠프에 참가한 목적을 반쯤 이룬 것이리라.

열렬한 지지를 받은 현웅이 의원이 되는 것은 시간문제였다. 뒤를 이은 학생도 석영의 연설에 자극받았는지 임펙트를 주려고 신경 썼지만 현웅의 조를 쫓기는 힘들어 보였다.

다섯 명의 후보자가 연설을 마치고 잠시 쉬는 시간이 되었을 때, 석영은 이상하게 피곤했고 공기가 갑갑하게 느껴졌다. 다들 그런 모양인지 하품을 하거나 크게 한숨을 쉬는 아이들이 많았다.

8.
궁지로 몰아 넣었어

It puts back up against the wall!

1989년 7월 29일(토요일) 15:30

상훈은 충걸과 같은 모둠에 속했다. 순서도 제일 먼저라 앞 사람의 연설을 참고할 수도 없었다. 사실 참고한다 하더라도 그리 바뀔 것이 없었다. 자신만 믿으면 된다는 둥, 바이오산업이 발전해 앞으로는 병이 없어질 것이라는 둥 이상한 소리만 하다가 자리로 돌아와 버렸기 때문이다. 박수를 보낸 사람은 같은 조원 몇 명밖에 없었다. 후유증 때문인지 상훈의 말을 이상하게 잘 따르는 조원들이었지만 그나마 모두 박수를 보내지 않은 것으로 봐서 연설이 형편없기는 형편없었던 모양이다.

다섯 명의 연설이 끝나고, 시작한 지 두 시간이 넘어서야 쉬는 시간이 주어졌다. 한 사람당 십 분씩 연설 시간을 주었

94

지만 대부분 혼자 흥분해 시간을 넘겨 버렸다. 시간이 됐으니 연설을 마무리하라는 행사요원에게 화를 내는 학생도 있을 정도였다. 물론 그런 태도는 감점 요인이었다.

상훈은 효상을 찾았다. 유선에게 어떤 아이인지는 이미 들었다. 충걸과 항상 함께 다닌다는 것이 걸림돌이기는 했지만 화장실까지 같이 가지는 않았다. 상훈은 효상의 옆에서 소변을 보면서 슬그머니 말했다.

"나도 너희 패거리에 낄 수 없을까?"

"패거리?"

효상은 기분이 상한 표정이었다. 상훈을 보더니 대답도 없이 손을 씻고 나가 버렸다. 상훈은 포기하지 않았다.

"덥지? 그러지 말고 저기 휴게실에 가서 음료수라도 한 잔 마시면서 이야기하자. 혹시 너 음악 좋아하니? 나한테 소니 워크맨이 있는데, 괜찮은 거야. 마이마이가 아니라 워크맨이야."

효상은 워크맨 이야기에 반응했다. 상훈은 은근슬쩍 워크맨을 보여 주었다. 꽤 고급형 제품이었다. 할머니가 생일 때 쓰라고 준 돈과 이것저것 아르바이트를 해서 산 것이다. 미끼로 사용하기에는 꽤 아까운 제품이었다.

"자 소리 한 번 들어 볼래? 메탈리카야. 네 취향일지는 모르지만."

효상에게 이어폰을 넘겨주었다. 효상은 노래에 맞춰 고래를 몇 번 까닥이더니 이어폰을 빼지도 않은 채 휴게실 쪽으로 손짓을 했다.

상훈은 음료수를 사 와서 효상에게 내밀었다. 효상은 음료수를 받아 들고도 이어폰을 빼지 않고 고개만 까닥였다. 상훈은 효상에게 음료수를 권하며 비굴하게 웃음을 지었다.

"충걸이라는 아이의 영향력이 그렇게 세다며? 나도 어떻게 낄 수 없을까? 어차피 우리 쪽 백 인 대표야 충걸이가 될 테고, 이렇게 된 바에야 같이하면 좋잖아."

효상은 핏 하는 소리가 들릴 정도로 콧방귀를 끼더니 상훈이 준 음료수를 벌컥벌컥 마셨다. 그러곤 이어폰을 빼며 말했다.

"어이, 이 가난뱅이 자식아. 겨우 이런 걸로 우리한테 낄 수 있을 거라 생각했어? 너한테는 괜찮은 건지 모르지만 이런 거는 쪽팔려서도 못 가지고 다니겠다. 진짜 성의를 보여 봐. 우리하고 한편이 되면 그 이상이 굴러떨어질 테니까. 너 같은 꼴통 학교에서 온 놈에게는 우리하고 인연이 닿는다는 것만도 큰 행운이야. 그리고 이 워크맨은 성의를 봐서……."

효상은 말을 다 끝내지 못했다.

상훈은 말했다. "이제부터 넌 내 말을 듣는다……."

음료수를 벌컥벌컥 마시더라니. 붉은 눈, 어눌한 표정, 그리고 기분 나쁠 정도로 천천히 쉬는 숨. 아버지의 실험일지에 이 기생충에 감염되었을 때의 증상이 기록돼 있었다. 기생충이 알에서 깨어나면 헤모글로빈을 주식으로 삼기 때문에 산소 부족 현상이 심해진다고 했다. 그리고 간뇌에 자리잡은 기생충은 인간의 기본적인 행동에 영향을 미쳐 걸음걸이가 어색해진다. 또 달리기도 제약되는데 달리면 더 많은 산소를 쓰기 때문이다. 헤모글로빈을 소모하면서도 숙주인 몸을 오랫동안 살아남게 하려고 기생충이 달리기를 제약한다는 것이 아버지가 보고서에 적어 놓은 의견이었다. 결국 종합해보면 혈류 이상으로 눈이 붉어지고 걸음은 느려지며 숨은 거칠게 쉬는 것이다.

"약은 어떻게 했지?"

"……."

효상에게 물었으나 대답이 없었다. 뇌의 기능이 많이 제약된 상태라 쉽게 답을 듣기 힘들었다.

"말은 못 할 테니, 손가락으로 가리켜. 약은 어디에 있지?"

효상의 손이 천천히 주방 쪽을 가리켰다. 상훈은 그 뜻을 얼른 이해할 수 없었다.

"벌써 누군가에게 준 거야? 그렇다면 고개를 끄덕여."

효상은 고개를 끄덕였다.

상훈은 아직 감염된 아이를 발견하지 못했기에 누구에게

준 것인지 짐작할 수 없었다.

"한 명에게 준 거야?"

효상은 고개를 가로저었다.

"그러면, 아홉 개를 다 썼어?"

효상은 고개를 끄덕였다. 반응은 더 느려졌다. 감염이 진행될수록 판단하는 건 힘들어지기 때문일 것이다.

"어디에? 누구에게?"

효상은 다시 힘들게 주방을 가리켰다. 그곳은 저녁 식사를 준비하기 전이라 닫혀 있었다. 상훈은 뭔가 떠오르는 것이 있었다.

"음식에다 탄 거야? 그런 거야, 이 개자식아?"

흥분해서 목소리가 커졌다. 주변의 아이들이 힐끔 돌아보는 것이 보였다. 효상은 더 이상 아무 대답도 하지 못했다. 더 물어보는 것이 불가능했다.

"워크맨이나 내놔 이 개자식아. 넌 이 대가를 치러야 할 거다."

워크맨을 받아든 상훈은 효상의 뺨을 한 대 올려붙이더니, 입에 알약 하나를 넣어 주고 자리를 떴다.

1989년 7월 29일(토요일) 16:00

휴식 시간이 끝나고 석영은 발표회장으로 돌아왔다. 몸이 찌뿌듯한 것이 몸살에 걸릴 것 같았다. 발표회장의 전체적인 분위기도 가라앉아 있었다.

입구 쪽에서 상훈이 두리번거리는 것이 보였다. 아무래도 자신을 찾아온 듯했다. 손짓을 하자 그것을 알아본 상훈이 달려왔다. 상훈은 오자마자 이야기를 꺼냈다.

"아무래도 음식 같은 데다가 약을 탄 것 같아. 뜨거운 음식에 탔다면 알이 대부분 죽어 버렸을 테니까 상관없고, 알이 몇 개 살아난다 하더라도 큰 영향은 미치지 못할 테니까 괜찮을 거는 같은데, 왠지 찜찜해."

석영은 그 순간 한 장면이 생각났다. 점심시간에 충걸과 그 패거리가 자신에게 한 행동. 건배를 제의하듯 한 그 행동.

"어디에 넣었는지 알 것 같아." 석영이 인상을 쓰더니 말했다. "물통이야. 점심시간에 나랑 눈이 마주친 충걸이 패거리가 이상한 짓을 했어. 생수통에 탄 게 틀림없어."

"그러면 무슨 일이 일어나는데?" 옆에서 듣고 있던 유선이 끼어들었다.

"일단 다른 음식에 탄 것보다 상황은 안 좋아. 물통은 충분히 알들이 부화할 수 있는 환경이니까. 그런데 그 정도로 희석된 알이 사람에게 어떤 영향을 미칠지는 알 수 없어. 아버

99

지도 그런 환경에서 실험해 본 적은 없는 것 같아. 일단 내가 보기에 감염이 진행되는 아이는 없는 것 같기는 한데, 혹시 모르니까 해독제 남은 것을 나눠 줄게. 믿을 만한 애들에게 먹이도록 해. 난 좀 지켜봐야겠어. 해독제는 이게 전부니까, 신중하게 생각하고 먹도록 해. 말했다시피 이건 기생충이라 해독제를 먹는다 해도 다시 감염될 수 있어."

상훈은 머리를 긁적이더니 자기 연설회장으로 돌아갔다.

옆에서 듣고 있던 현웅이 물었다.

"무슨 소리야? 기생충이라니?"

"조금 있다가 이야기해 줄게. 너도 혹시 점심시간에 물통에 있는 물 마셨니?"

"애들이 거의 다 마시지 않았겠어? 오늘 날이 더워서 거기에 있는 물을 수시로 마셨을 텐데. 왜?"

"확실한 것은 아니야. 아무튼 조금 있다가 연설회 끝나고 자세히 말해 줄게."

석영은 이쪽을 보면서 자꾸 뭔가를 적고 있는 행사요원을 쳐다보았다.

1989년 7월 29일 (토요일) 17:00

보좌관 이현재는 거울을 보다가 머리 양 옆에서 흰머리를 발견했다. 한창 혈기가 넘쳐 나던 시절에는 신촌의 호랑이라는 별명으로 불리던 그였다. 그때는 손수건 한 장으로 입을 가리고 최루탄 속을 질주했다. 그렇게 몇 번 정치사범으로 유치장을 들락날락거리자 오히려 제도권 내에서 구원의 손길이 뻗어왔다. 투사와 같은 그의 이미지를 사고 싶었던 것이다. 그를 따르던 많은 이들이 두 패로 나뉘었다. 변절자가 돼서는 안 된다는 측과 이왕 정치에 관심을 가졌다면 중앙으로 진출해야 한다는 의견이 팽팽히 맞섰다. 현재는 후자를 택했다. 그곳에서 자신의 뜻을 충분히 펼칠 수 있다는 판단이었다.

중앙 정치로 진출한 현재에게 많은 시련이 있었다. 배경이 없는 자신의 의견은 무시되기 일쑤였고, 이미 그러리라 예상하고 있었지만 권력을 좇아 이합집산을 하는 무리에 적응하는 데 꽤 오랜 시간을 보냈다. 그리고 어느 순간 돌아보니 그들과 똑같은 사람이 되어 있었다. 차기 대통령 후보로 이름을 올리고 있는 노영걸의 보좌관이 되기까지 얼마나 많은 사람에게 변절자라는 비난을 들었는가를 생각하니 헛웃음이 나왔다. 하지만 인생을 후회하지는 않는다. 평생 투사로 살았다면 저 운동장에 서 있는 그랜저를 몰고 다닐 수도 없었을 것이고, 국회의장 보좌관이라고 하면 경찰서장까지 나와서 접대하는 호사를 누려 보지도 못했을 것이다. 이제 어떤 당이냐, 어떤 이념과 정책을 가지고 있느냐는 중요하지 않았다. 누가 힘이 있느냐, 누구와 한 배를 타야 하느냐가 중요하다.

그래서 지금도 단지 노영걸에게 잘 보이겠다는 마음 하나로, 정치의 정자도 모르는 어린 애들만 바글바글 모인 청소년 정치 캠프의 책임자로 나와 있는 것이다. 행사 책임자는 출퇴근하기 힘든 여건도 그렇고, 머저리 같은 학생들 관리도 해야 해서 학교 건물에 남아 있어야 했다. 만약 접대라도 받고 들어오다가 충걸의 눈에라도 띄는 날이면 그동안 쌓은 평판은 모두 물거품이 된다.

이런 행동이야말로 진정한 정치다. 관계를 잘 설정하는 이런 행동이 결국에는 국가에도 도움이 되리라고 자기 합리화까지 했다.

오후의 태양이 창문으로 비쳐 들어왔다. 교장실 자리를 당직실로 꾸몄지만 여름의 더위는 끈적끈적하게 들러붙었다. 창 아래쪽에서 웃고 떠드는 아이들을 보다가 유선이 떠올라 다시 기분이 나빠졌다. 감히 내가 이야기하는데 끼어들어서 방해하다니. 요즘 애들은 전혀 말을 듣지 않는다. 예전에는 어른이 말하면 감히 끼어들 생각도 하지 못했는데 말이다. 정신교육을 다시 해서 말 한마디에도 벌벌 떠는 그런 아이들로 되돌리고 싶었다.

1989년 7월 29일(토요일) 17:30

"뭐? 우리가 좀비가 된다고?"

현웅이 큰 소리로 말했다.

"진정해. 그럴 가능성이 있다는 이야기고, 아직 아무 일도 없는 것 보면 그냥 우리 몸의 면역체계가 그 정도 기생충쯤은 없애 버렸을 수도 있어."

상훈이 설명해 주었다.

한 교실에 석영의 조원과 상훈의 조원 이십 명이 모였다. 지금으로서는 기댈 수 있는 인원은 그게 전부였다. 상훈이 괴로운 듯이 말을 이었다.

"구충제라고 생각하고 일단 한 알씩 먹어둬. 아무 일도 없겠지만 혹시라도 무슨 일이 생기면 의지할 수 있는 사람은 우리밖에 없으니까 말이야."

상훈의 조원들은 몹시 분개했다. 상훈에게 속아서 그 약을 먹어 본 장본인이기 때문이다. 하지만 상훈에게 덤벼들거나 하지는 않았다. 원래 좀 얌전한 애들인지 아니면 후유증인지는 알 수 없었다.

다들 알약을 먹기 꺼려했다. 믿지 못하는 것 같았다. 제일 먼저 석영이 알약을 먹었다. 그러고 나서 유선이 먹었다. 나머지도 한둘씩 따라서 알약을 먹었다. 이십 명이 모두 알약을 먹고 나자 상훈이 다시 이야기를 꺼냈다.

"만일…… 정말 만일이지만 아이들이 이상한 행동을 하는 것이 포착되면 바로 눈을 마주쳐. 이미 눈빛이 붉은색으로 변한 사람은 소용없고, 약간 행동이 느려지거나 하는 아이가 있으면 재빨리 눈을 맞추고 '넌 내 말을 듣는다'고 말해 줘. 그렇게 통제되지 않으면 무슨 짓을 할지 잘 모르겠어. 쥐들이나 다른 동물 실험 결과를 보면 감염이 됐다 하더라도 그리 큰 문제는 없었어. 그저 좀 느려지고 뭔가 찾듯이 약간 킁킁대는 정도랄까? 그리고 해독제를 주면 곧 정상으로 돌아왔으니까 문제는 없을 거야. 그래도 우리가 꼭 아이들을 통제해야 해. 오늘은 다들 보초를 선다고 생각하고 수고들 해 줘."

상훈은 고개를 숙였다가 다시 들었다. 그리고 천천히 입을 열었다.

"미안해."

석영은 학교에서 상훈이 누구에게 부탁하거나 미안해하는 것을 본 적 없었다. 항상 외따로 지냈고, 시비가 붙으면 절대 사과하지 않고 끝까지 맞서 싸웠다. 그런 소문이 퍼지자 잘나간다는 아이들도 상훈을 함부로 건드리지 않았다. 소문이 소문을 낳는다고, 정신병이 있어서 건드리면 잔인무도 그 자체가 된다는 이야기도 돌았다. 석영도 그 비슷한 이야기를 들은 적이 있다. 이전에 다니던 학교에서 싸움이 났는데 상훈이 연필로 친구의 관자놀이를 찔러서 아이는 식물인간이 되었고, 상훈은 정신병력 덕분에 풀려나 전학을 왔다는 이야기였다. 사실 상훈은 전학을 온 적도 없었는데 말이다.

"아버지가 남기고 간 실험일지를 보면 결과를 예측할 수 있었는데 이번 일은 예상 밖이야. 실험실의 동물에게는 정확한 양의 기생충만 투여됐고, 그 결과는 모두 기록돼 있어. 하지만 지금처럼 누가 얼마만큼의 약을 먹었는지 모르는 상태에서는 어떤 결과가 나올지 확신할 수 없어."

유선을 상훈을 쳐다보며 말했다. "미안한 마음은 드니?"

"조금……." 상훈은 인상을 썼다.

"선생님이나 행사요원에게 알려야 하지 않을까?"

누군가가 의견을 냈다.

"믿어줄까? 나도 못 믿겠는데." 현웅이 말했다. "우리야 당해 본 사람도 있고, 약을 먹인 사람도 있으니 믿지만 사람을 마음대로 조종할 수 있는 약이 있다는 것을 믿어 주기나 할까? 그리고 설혹 믿어 준다고 하더라도 어른들에게 알리는 것은 반대야. 너희도 이 사실은 무덤까지 가지고 갈 비밀로 알아야 해. 난 어른이라는 사람을 믿을 수 없어. 지금 당장 어떻게 해결이 된다 하더라도 나중에 이 약이 어떻게 쓰일지 누가 알겠어? 그런 약이 있다면 말썽부리는 애들에게 먹여서 얌전하게 만들고, 공부 안 하는 자식에게 먹여서 공부하게 만들 수 있잖아. 우리끼리 해결해야 해."

이 약은 사이비 종교보다 위험한 것이다. 그때까지는 석영도 그런 생각을 하지 못했다.

유선도 현웅의 말에 찬성했다. "그래, 그 말이 맞아. 난 사람을 조종하려고 비열한 행동을 하는 사람을 많이 봐왔어. 저런 약이 있다면 과연 우리가 생각을 하면서 살고 있는 것인가 하는 생각조차 못 하게 되는 날이 올 수도 있어."

"아버지의 실험일지에 아이컨택을 못했을 경우 그냥 목적도 없이 떠도는 실험체가 있었다고 쓰여 있어. 이러면 말을 잘 듣지 않기 때문에 해독제를 먹이기 힘들어서 주사나 액체 상태로 분사했다는 기록도 있어. 그러니까 좀 멍청하게 혼자 돌아다니는 것 말고는 큰 부작용이 없을 거야. 난 담을 넘어서라도 해독제를 더 만들어 와야 할 것 같은데, 이 시간에 서울로 올라가는 차가 있으려나 모르겠네. 들키더라도 학교에서 징계를 받는 정도밖에 없을 테니 나갔다가 올게. 그동안이 실험일지는 석영이 네가 가지고 있어. 도움이 될지도 모르잖아."

상훈은 항상 가지고 다니는 듯 작은 노트를 주머니에서 꺼내 석영에게 주었다. 그리고 서둘러 자리를 떴다.

상훈을 제외한 열아홉 명의 아이들은 불안하고 초조한 얼굴을 감추지 못했다.

"난 이 실험일지를 좀 읽고 있을게. 다들 너무 걱정하지 말고 각자 방으로 돌아가자."

석영이 말했다.

9.
그래, 해보자
All right lets go!

1989년 7월 29일(토요일) 20:00

　그나마 이번 캠프에서 가장 먹을 만한 저녁이 나왔다. 매일 뜨거운 국물로 사람을 고문하더니 이번엔 볶음밥이다. 이야기를 듣자니 제대로 된 조리장이 와서 일하는 것도 아니고 진행요원이 번갈아 가며 식사를 준비한다고 한다. 이삼십 명 정도 되는 진행요원이 천 명의 모든 부분을 관리하고 있는 셈이다. 큰 사고가 나지는 않을 것이라고 단정하고 있든지 준비가 부실하든지 둘 중 하나다.

　연설회 결과가 발표됐다. 예상한 대로 현웅이 뽑혔다. 다른 시각으로 호기롭게 이야기한 게 다른 아이들의 마음도 움직인 모양이다. 유선은 다른 당선자도 유심히 들여다보았다. 역시 충걸이 포함돼 있었다. '또 아버지의 사랑을 한 몸에 받겠군.' 아버지를 그렇게 미워하면서 질투하다니 이거야말로 아이러니였다.

현웅은 다른 조원과 함께 당선 축하연을 한다고 매점으로 가 버렸다. 빵과 음료수를 돌리는 것뿐이겠지만 고마움을 표현하는 모습을 보니 아이들이 현웅을 따르는 이유가 있구나, 하는 생각이 들었다.

유선은 걱정도 되고 피곤하기도 해서 여자 숙소로 돌아가려 했다. 숙소라고 해 봤자 남자 층과 여자 층을 나눠 여자가 학교의 3층 교실에 매트리스를 깔고 자고 남자가 1, 2층 그리고 일부는 텐트에서 자는 것뿐이다. 4층은 진행요원이 사용하는 공간이다.

석영은 유선에게 다가갔다.

"상훈 아버지의 실험일지를 읽어 봤는데 말이야. 공식이나 뭐 어려운 말들은 모르겠고. 신경 쓰이는 문장이 좀 있어서 말해 주려고."

"무슨 일인데?"

"동물 실험 결과라고만 나와 있어서 무슨 동물을 말하는 것인지 잘 모르겠지만, 이런 문구가 있어. '기생충이 자리 잡은 지 세 시간이 지난 동물에게 식사를 제공했다. 먹고 자는 것은 기본적인 생리현상이라 다른 명령 체계가 없어도 무난히 동작했다. 기생충이 헤모글로빈을 영양분으로 섭취하는 까닭에 숙주는 산소 부족 현상을 겪었다. 그 때문인지 음식물을 섭취할 때 신선한 헤모글로빈이 있는, 즉 생고기에 집착하는 경향을 보였다. 해독제를 투여하자 다시 호흡이 정상적으로 돌아오며 그런 경향은 사라졌다.'"

거기까지 읽은 석영은 주위를 한번 둘러보고 말을 이었다.

"뭔가 좀 으스스하지 않아?"

"날고기를 원한다는 말이지? 실험에 쓰인 동물이 육식동물이거나 최소한 잡식동물이겠지? 설마 토끼 같은 초식 동물이 날고기를 원하지는 않았겠지?"

"거기까지는 생각하지 못했는데." 석영은 조금 당황했다. "난 동물 실험이라고 해서 당연히 쥐 정도라고 생각했어."

"난 아무래도 좀 불안해." 유선은 진짜로 추위가 느껴지는지 양팔로 몸을 감쌌다. "상훈이는 별일 없을 것이라고 말했지만 아까 연설회 때 전체적인 분위기가 처지는 느낌이 들었거든. 하품하는 아이들도 많았고. 연설회가 지겨우니 그러리라고 생각했는데 만약 아이들이 감염됐다면 조금씩 산소 부족을 느끼고 있지 않겠어? 그래서 하품도 하는 것이고."

"그렇게 말하니까 정말 불안한데."

사실 아무 일도 없을 것이라는 생각이 더 지배적이었다. 오토바이를 훔칠 때도 들키리라고는 생각하지 않았다. 잠시 빌렸다가 돌려주면 될 줄 알았는데, 그날따라 주인이 나타났다. 그때는 아무도 빌리려 했다는 것을 믿지 않을 것 같아서 입을 다물었지만, 지금은 과연 그런 실패를 준비하지 않아도 되는 때일까? 진퇴양난이었다. 어른의 힘이라도 빌릴까?

부모님을 떠올렸다가 석영은 한숨을 내쉬었다. 결국 스스로 헤쳐 나갈 수밖에 없네……. 지금은 상훈이 돌아올 때까지 열아홉 명의 아이들을 믿을 뿐이다.

걱정은 그만하자.

"현웅이를 어떻게 최고의원으로 만들어 주지?"

유선은 뜬금없어 보였는지 석영의 말에 눈을 똥그랗게 떴다. 그러더니 다시 웃음을 띠었다.

"맞아 당장 닥친 일은 그거지. '각자가 깨어 있는 의식을 가지고 자기 일에 최선을 다하면 그것이 바로 정치적인 활동이다.' 내가 처음 만나서 그렇게 주장했었지? 내 주장에 맞게 행동해야겠지?"

"현웅이 돈 다 떨어지기 전에 매점에나 가 보자." 석영도 미소를 지었다. "즐겁게 살 수 있게 해 줘야지. 베푸는 즐거움을 알아야 훌륭한 정치가가 되는 법이라고. 현웅이는 정치가가 될 생각 같은 건 터럭만큼도 없겠지만 말이야."

"그래. 킹메이커는 킹을 지배하려고 하면 안 돼. 킹은 킹으로 존중해 주고 장점이 드러나도록 해 줘야지. 현웅이의 장점은 그 호방한 성격이니 실컷 쓰도록 해 주자. 오늘은 나도 다이어트 중단이다.”

“다이어트라…… 다이어트를 하는구나.”

“뭐지 그 뜻은?”

유선은 석영의 등을 강하게 내리쳤다. 생각 외로 손이 매
웠다. 방심하고 있던 석영은 숨이 턱 막혔지만 이상한 행복
감이 들었다. 별일이 다 생기는 날이지만 이 순간만큼은 캠
프에 잘 왔다고 느꼈다.

휴게실로 가려는 석영 앞에 익숙한 얼굴이 나타났다.

“안녕.”

“넌 왜 밖으로 안 나갔어?”

상훈이 눈앞에 서 있었다.

“안 나간 게 아니라 못 나간 거지. 이 거지 같은 학교 담장
은 점프해도 손이 닿지 않을 정도로 높고 그 위에 또 철조망
까지 쳐져 있더라고. 그래서 정문으로 갔더니 커다란 자물쇠
가 달려 있어. 정문을 넘어가려고 했는데 정문 꼭대기에 있
는 장식물이 의외로 날카로워서 이 꼴이 됐지.”

상훈은 손을 펴서 보여 주었다. 상처투성이었다.

“휴, 일단 지금까지 아무 일도 일어나지 않았으니까 앞으
로도 안 일어나겠지.” 석영은 어깨를 으쓱했다. “일단 치료를
좀 하고 쉬자.”

1989년 7월 30일(일요일) 00:00

서울에서 들을 수 없었던 여름 풀벌레 소리가 2년간 아무도 찾아오지 않던 학교에서 윙윙 울렸다. 밤이 깊어 가는데도 달빛은 꽤 청명해서 운동장이 훤히 보였다.

현웅에게 얻어먹은 크림빵이 문제였나? 석영은 속이 좀 부글거렸다. 배에 가스가 차니 잠도 잘 오지 않고, 여전히 잠자리는 낯설었다. 조용히 코고는 소리마저 신경이 쓰여 석영은 완전히 잠에서 깨 버렸다.

시계는 열두 시를 가리키고 있었다. 석영은 차라리 밤공기를 마시는 편이 나을 것 같다는 생각에 복도로 나갔다. 새로 단장하기는 했지만 버려진 학교 풍경에는 머리를 쭈뼛 서게 하는 무엇인가가 있었다.

복도에서 창문 밖으로 머리를 내밀고 운동장을 내다보던 석영은 한 아이가 운동장에 나와 있는 것을 발견했다. 저 아이도 잠이 오지 않는 것인가? 열두 시가 넘은 시간에 운동장을 돌고 있는 것이 조금 이상했다. 현실적인 느낌이 없다고나 할까?

아이가 건물 쪽으로 가까이 다가왔을 때 보니 신발을 안 신고 있었다. 아이의 걷는 모습도 뭔가 달랐다. 상훈의 조원들이 감염되었을 때 보았던 그 걸음, 다리를 질질 끌면서 걷던 바로 그 걸음이었다. 순간 몸에 전기가 흘렀다. 일단 사

113

실을 확인해야 한다. 석영은 재빨리 뛰어나가 운동장을 도는 아이 쪽으로 달려갔다. 석영이 달려가자 그 아이도 석영이 다가오는 것을 눈치챘는지 방향을 석영 쪽으로 돌렸다. 열 걸음 정도 앞에 그 아이가 있었다. 달리지도 않고 다리를 질질 끌며 똑바로 다가왔다. 다섯 걸음 정도 남기고는 조금 빨리 걷는 속도가 됐다. 그때 아이의 얼굴을 똑바로 보았다. 달빛에 비친 붉은 눈. 이미 감염이 진행된 후였다. 그리고 알 수 없는 적의를 보였다. 석영을 향해 속도를 높인 아이는 입으로 그르렁거리는, 가래가 끓는 듯한 이상한 소리를 냈다. 머리가 멍해서 시간이 정지한 느낌이 들었다.

아이가 팔을 쭉 뻗었다. 순간 잡히면 안 된다는 본능이 깨어났다. 석영은 발을 힘껏 뻗어 아이의 가슴을 밀어버렸다. 중심을 잃고 비틀대다가 넘어진 아이는 걷는 것을 잊어버린 듯 기어서 다가왔다.

이제 확실해졌다. 서둘러야 한다. 아이들 모두 감염되기 전에, 아니 감염이 되었더라도 통제해야 한다. 석영은 뒤로 돌아 학교 건물로 달려갔다. 해독제를 먹은 조원을 깨워야 한다.

"밖에 누가 이렇게 시끄럽게 떠드니?"

숙직을 서는 진행요원이었다. 진행요원들도 식수통의 물을 마셨을까? 진행요원에게 도움을 청해야 하나? 갑자기 교

114

실에서 엄청난 비명이 들렸다. 여학생의 찢어지는 듯한 목소리였다. 진행요원이 뒤돌아서 교실 쪽으로 달려갔다. 석영도 비명이 들린 쪽으로 가고 싶었지만 조원을 깨우는 것이 우선이다.

단걸음에 교실로 달려온 석영은 이미 조원들이 깨어나서 불을 켜고 있는 것을 보았다. 비명 때문에 잠에서 깬 것이다.

"빨리, 빨리 아이들이 감염되기 시작했어. 빨리 아이컨택, 아이컨택 해야 해."

갑작스러운 상황에 아이들은 혼란스러워했다. 아이컨택에 대한 이야기를 들었다고 해서 쉽사리 몸이 움직여질 리는 없었다. 역시 보스 기질이 있는 현웅이 행동에 나섰다.

"일단 건물 안에서 행동이 이상한 아이들을 파악해 보자. 그리고 위험하다고 생각되면 이 교실로 모두 돌아와. 한 명은 교실에서 문 잠그고 암호를 외치기 전에는 절대로 열어주지 마. 암호는……. 불고기 삼 인분이다."

이 심각한 분위기에서 갑자기 불고기 삼 인분이라니. 하지만 웃는 아이는 없었다. 현웅의 지시에 따라 복도로 달려 나갔다.

석영은 위층에서 내려온 유선과 자연스럽게 짝을 이뤄서 달렸다. 제일 가까운 교실부터 다짜고짜 문을 열고 뛰어 들어갔다. 이미 많은 아이가 깨어 있었다. 유선은 소리쳤다.

"모두 주목. 여기 몸이 좀 아픈 사람이 있니?"

안 그래도 불안한 분위기인데 갑자기 뛰어 들어와서 소리를 지르니 모두 집중했다. 긴장감 속에 고요가 흘렀다.

구석에 있던 한 아이의 행동이 이상했다. 석영은 재빨리 달려갔다. 붉은 눈빛. 감염의 증거다.

유선이 낮은 목소리로 말했다. "이제 내 말을 듣는다."

아이컨택이 되었을까? 다른 아이들이 웅성거렸다. 상황을 몰라서 불안감이 증폭되고 있는 것이다. 눈빛이 변한 아이에게 유선이 명령을 내렸다.

"이제 나를 따라와."

요즘 학생답지 않게 단정한 스포츠머리를 한 그 아이가 유선을 따라왔다. 아이컨택이 된 것이다. 그리고 그 순간 다른 아이들의 눈빛이 바뀌기 시작했다. 석영과 유선은 급하게 다른 아이들과 눈을 맞추며 외쳤다.

"내 말을 들어. 내 말을 들어."

몇 아이는 아이컨택에 성공했지만 다른 몇은 아이컨택에 실패하고 말았다. 그리고 한 아이는 물을 먹지 않았는지 아예 감염 증세가 나타나지 않았다. 그 아이가 어리둥절한 표정으로 쳐다보았다. 다른 아이들은 멍하니 자기 자리에 서 있었다. 상황을 모르는 사람 눈에는 정상인과 별로 다를 것도 없을 것이다. 눈빛이 붉게 보이기는 하지만 그것도 충혈

정도다.

석영과 유선은 재빨리 옆 교실로 자리를 옮겼다. 그곳에는 이미 감염된 아이들과 감염 증세가 없는 아이들이 모두 있었다. 아이컨택을 하기에는 이미 늦은 것 같았다. 동시다발로 감염되는 아이들을 통제할 방법은 없었다. 석영과 유선은 다시 방으로 돌아왔다.

"불고기 삼 인분."

문이 열렸다.

이렇게 소란한데 진행요원은 보이지 않는다. 다들 감염된 것일까? 그 비명은 어디에서 난 것일까?

1989년 7월 30일(일요일) 01:00

창혁은 세 달 전에 결혼했다. 고등학교 행정실에 근무한 지는 삼 년이 넘어가고 있었다. 학교라는 직장은 월급이 그리 많지 않지만 안정적이라 창혁은 만족했다. 기대와 현실은 차이가 있지만 나름 결혼생활도 만족하고 있었다.

방학 중에는 행정실 직원도 조금 한가하다. 오후 네 시면 대부분의 업무는 마감되고 여름 태양이 이글거려 대낮 같은 느낌이 드는 가운데 퇴근했다. 매년 방학이면 같은 일상이 반복되는데 이번 여름은 아주 작은 차이가 있었다. 결혼도

한 데다가 청소년 정치 캠프에 자원봉사자로 일하기로도 되어 있었다. 인사고과에 도움이 된다고 했고 수당도 조금 나왔다.

창혁은 오늘 순찰을 담당했다. 결혼 후 아내와 떨어져 지내본 적이 없어서 창혁은 숙직을 은근히 기대하기도 했다. 다만 평소 애주가라고 자부하는 창혁이니만큼 회식이 없는 건 아쉬웠다. 달빛이 밝아서 그런지 뜻하지 않게 외롭기도 했다. 순찰을 나온다고 동료에게 이야기해 놓고 학교 건물 뒤 으슥한 곳에서 쥐포를 안주 삼아 몰래 가져온 소주를 마시고 나니 마음이 조금 푸근해졌다.

그때 학교 쪽이 소란스러워졌다. 하지만 아이들이란 그렇게 갑자기 떠드는 존재란 것을 행정실에서 익히 보고 들어왔기에 신경 쓰지 않았다. 내일이면 집에 돌아갈 아이들이 열두 시가 넘어가도 잠이 오지 않는 건 당연했다. 창혁도 수학여행 때 선생님의 눈을 속여 가며 밤새도록 논 경험이 있다. 여기는 밖에 나가서 술을 사 오거나 사고 칠 방법이 없으니 별일 없을 것이다.

학교를 한 바퀴만 더 돌고 잠을 청하려 했다. 그런데 학생 하나가 비척비척 걸어오고 있는 것이 보였다. 술 냄새를 숨기려고 한숨을 몇 번 내쉬었다. 이 밤에 이렇게 건물 뒤로 오는 학생이라면 몰래 담배를 피우려는 부류일 것이다. 아마도 플래시를 비추면 놀라서 도망가겠지.

최대한 가까이 오기를 기다렸다가 플래시를 켜기로 했다. 조금 놀라게만 해 주고 도망가면 쫓아가지는 않을 작정이다. 문제를 일으켜서 좋을 것은 없다.

밤이라 조심해서 걷는 것인지 학생의 걸음걸이가 좀 이상했다. 달빛이 환한데도 창혁을 보지 못한 학생은 똑바로 다가왔다. 창혁은 기다렸다. 그리고 세 발짝 앞까지 다가왔을 때 플래시를 켰다.

붉었다. 눈이 플래시 불빛을 받고 붉게 빛났다. 창혁은 오싹했다. 아이의 이상한 눈빛은 물론이고 표정이 없는 것이 기묘했다. 아이는 불빛을 보고 오히려 창혁에게 더 빨리 다가왔다.

"너 뭐 하는 녀석……. 으악!"

다짜고짜 녀석은 달려들어 목을 물려고 했다. 처음에는 힘으로 떼어내려고 했으나 보통이 아니다. 확실한 위기다. 장난으로 넘어갈 문제가 아니었다. 창혁은 들고 있던 플래시로 학생의 뒤통수를 강하게 쳤다. 학생은 아무 반응이 없었다. 창혁은 계속 내려쳤다. 플래시가 깨져서 불빛이 꺼졌다. 그래도 계속 내려쳤다. 분명 머리가 깨져서 피가 나는 듯하다. 달빛에 머리카락이 번들거렸다. 창혁은 발버둥 쳤지만 학생의 이가 창혁의 목을 파고들었다. 뭔가 맛있는 것을 먹는 듯

한 소리, 그리고 기분 나쁜 소리, 알 수 없는 것이 툭 하고 끊어지는 소리가 들렸다.

창혁은 무서웠다. 집에 두고 온 아내가 보고 싶어졌다. 그리고 더 이상 기억할 수 있는 것은 없었다.

10.
전쟁은 막 시작됐어
The battles just begun

1989년 7월 30일(일요일) 01:30

압력이 세지면 언젠가 폭발하게 되어 있다. 하지만 외부에서 임계점을 아는 방법은 없다.

석영과 유선, 현웅 그리고 상훈은 교실에 모였다. 우왕좌왕하며 뛰어다니던 조원들도 다시 교실에 모였다. 몇몇 아이는 아이컨택에 성공했지만 대다수는 성공하지 못했다. 석영이 먼저 입을 열었다.

"이제 어쩌지? 아까 운동장에서 본 아이처럼 모두 이상하게 변하면 도저히 통제할 수 없게 돼."

"이제 어쩔 수 없다. 여기 진행요원에게 말해서 상훈이를 내보내야 해."

"뭐라고 해? 부모님이 아파서 빨리 가 봐야 한다고 할까?"

"아픈 걸 어떻게 알았냐고 하지 않을까? 분명히 꾀를 부린다고 생각할 거야."

"지금 나가도 문제야. 이 시간에 어떻게 서울까지 가? 내일 폐막식 때 기자들도 온다고 했는데, 지금 이 상태로 기자를 맞았다간 다 들키고 말 거야."

모두가 침묵했다. 아무리 어른의 힘을 빌리고 싶지 않다고 하더라도 지금은 상황이 좋지 않았다. 어떤 일을 하든 결국 어른이 개입하게 될 게 뻔했다. 그렇다면 먼저 적절한 도움을 요청하는 편이 좋을 것이다.

"그러면 여기 책임자로 있는 이현재 보좌관을 잘 아니까, 내가 가서 이야기해 볼게." 유선이 말했다.

"아까 운동장에 있던 아이가 왜 나를 향해서 손을 뻗었는지는 잘 모르겠어. 나를 공격하려고 한 것인지 사실 확신이 없어. 그냥 무서워서 발로 차 버렸을 뿐이야. 아이들은 다 저 상태로 얌전히 있지 않을까? 그 사이에 상훈이가 동네 약국이나 병원에 있는 약으로 해독제를 만들 수 있을 거야. 그렇지 않아?"

"글쎄." 상훈은 자신 없다는 투로 말했다. "약의 성분을 보면 조제할 수는 있겠지만 천 명분을 다 만들 수 있을까?"

석영은 상훈의 어깨를 잡았다. "어쩔 수 없어. 네가 어떻게든 밖으로 나가서 약을 만들어 와야 해. 그동안 이곳은 우리가 책임지고 있을게."

석영의 말에 현웅은 인상을 찌푸리더니 말했다. "지금 아이컨택이 된 아이들은 옆 교실에 다 모아 놨어. 문제는 정상적인 아이들이야. 갈팡질팡하고 있어. 그리고 아직 발병을 안 한 것인지, 계속 발병을 안 할 것인지도 확실하지 않아."

"어쩔 수 없지만 이현재 보좌관에게 부탁하는 수밖에 없네. 열쇠를 달라고 해야지." 유선이 일어났다. "석영아 나 좀 도와줘."

1989년 7월 30일(일요일) 01:48

"무슨 꿍꿍이야?"

현재는 유선이 마음에 들지 않았다. 사사건건 방해만 하더니 이제 와서는 친구가 아프다고 열쇠를 달라고 하다니, 앞뒤가 도통 맞지 않았다. 옆에 앉아 있는 녀석도 마찬가지다. 이 녀석이 입을 열었다

"보좌관님, 제 친구 상훈이는 남에게 알리기 힘든 병을 앓고 있습니다. 간질 비슷한 것이라고만 생각하시면 됩니다. 그래서 급히 조퇴해야 할 것 같습니다. 문만 한 번 열어 주시면 됩니다. 조용히 아무 일 없었다는 듯이 갔다 올 겁니다."

뻔뻔한 얼굴로 이야기를 하니 진짜인가? 하는 생각이 들

었다.

"학생 이름이 석영이라고 했나?" 현재는 고개를 살짝 갸웃했다. "그러면 여기 비상 전화가 있으니 외부에서 사람을 불러오자. 그러면 되잖아. 이 야심한 밤에 학생만 한 명 내보내 달라고 하니 그걸 누가 들어줄 수 있겠어?"

석영은 인상을 쓰다가 말했다. "학생의 프라이버시란 것도 있는 겁니다. 상훈 학생의 집에 연락해 봤자 귀도 잘 안 들리는 할머니 한 분밖에 안 계십니다. 그 할머니가 걱정하실까 봐 병에 대해 말하지 않았던 모양이에요. 그런데 밖에서 요란스럽게 앰뷸런스가 들어오면 모르던 아이들마저 상훈의 병이 무엇인지 알게 될 겁니다. 내일 기자도 온다고 이야기 들었는데 성공적인 행사로 남으려면 보내 주시는 것이 좋을 듯싶습니다."

등받이에 기대고 앉아 있던 현재가 앞으로 몸을 숙였다.

"지금 나한테 협박을 하는 거냐?"

"아니요, 요구인데요?"

석영은 현재를 똑바로 쳐다보았다.

현재는 석영을 보니 예전의 자신이 떠올랐다. 그때 나도 이런 똘똘한 눈을 가지고 있었는데……

상념에 젖을 때가 아니었다.

"썩 꺼져." 현재는 조용히 말했다. "난 네가 생각하는 만큼

호락호락한 사람이 아니야. 요구? 웃기고 앉아 있네. 그딴 것 신경 안 쓴다. 얌전히 돌아가서 자라. 아니면 내가 얼마나 무서운 사람인지 알게 될 테니까." 현재는 유선이 앉아 있는 쪽으로 고개를 돌렸다. "그리고 유선이 너도 이런 아이와 어울리지 말고 정신 차려. 이번 일은 네 아버지에게 말하지 않겠다."

유선과 석영은 자리에서 일어날 수밖에 없었다.

1989년 7월 30일(일요일) 02:20

"기분 나쁘지 않았어?"

유선이 말을 꺼냈다.

"뭐 조금. 그래도 뭐 거짓말은 거짓말이었으니까 우리가 이해해야지. 메다꽂아서라도 열쇠를 뺏었어야 했는데 내가 그만큼 대범하지는 못하더라고. 내가 말만 번지레하지 별거 없네."

"넌 말을 잘하는 게 아니고 진심을 전달하는 능력이 있는 거야. 속이는 능력이 없는 것뿐이지. 속이고 있다는 것도 못 느끼면서 자연스럽게 남을 속이는 사람도 있어. 우리 아버지랑 충걸 그 자식을 보니까 알겠더라고."

"그러고 보니 우리 아버지랑 네 아버지랑 만나면 대박이겠

125

는데. 서로 무지하게 싫어하는 스타일일 것 같아."

"그러면 우리가 로미오와 줄리엣이야?"

석영은 말을 잇지 못했다. 이 상황에서도 다른 말보다 로
미오와 줄리엣이라는 말이 기뻤다. 어쨌든 로미오와 줄리엣
은 사귀는 사이니까. 아, 나중에 죽나?

석영과 유선은 교실로 돌아가서 실패를 멋쩍게 알렸다. 현
웅은 실패를 예상했다고 했다.

"우리 말을 들어준다면 그건 어른이 아니지."

현웅은 조원에게 책상과 걸상을 하나씩 들고 오라고 했다.
운동장에 계단을 쌓아서 상훈을 도망 보내겠다는 계획이었
다. 역시 현웅다웠다. 정면 돌파란 단어가 가장 잘 어울리는
친구다.

결국 들키겠지만 방법은 이것밖에 없다. 조원과 함께 책상
과 걸상을 들고 1층으로 내려갔다. 복도에서 몇 아이들이 멀
뚱히 쳐다보았다. 어두워서 감염된 아이인지 정상적인 아이
인지 알 수 없었다.

1989년 7월 30일 (일요일) 02:25

현재는 생각했다. 도대체 무슨 꿍꿍이었을까? 환자? 그건
절대로 아니다. 석영이란 아이만 와서 부탁했다면 몰라도 아

126

무 상관도 없는 유선이 와서 말을 할 때는 뭔가 꿍꿍이가 있는 것이다.

창밖을 내다보았다. 운동장에 돌아다니는 아이들이 보였다. '도대체 통제가 어떻게 되고 있는 거고, 순찰을 담당한 진행요원들은 어디로 간 거야?' 울화통이 터졌다. 이놈이나 저놈이나 제대로 일하는 놈이 없다. 정문 쪽에 아이들이 모여 있는 것이 보였다. 자세히 보니 책상을 가지고 계단을 쌓고 있었다. '이것들이 정말!' 더 이상 참을 수 없다. 혼을 내주고 말리라. 나를 이렇게 무시하다니.

"진행요원! 진행요원들 어디 갔어?"

현재는 4층 진행요원 숙소로 가서 문을 두드렸다. 서너 명이 뛰쳐나왔다.

"왜 이것밖에 없어? 나머지는 어디 갔어? 어디서 술판이라도 벌이고 있는 거야?"

"그, 그게······."

진행요원들은 대답하지 못했다. 현재는 숙소로 뛰어 들어갔다. 진행요원은 대부분 멍하니 서 있었다. 현재는 화가 나서 소리를 질렀다. 하지만 아무 반응이 없었다.

"도대체, 뭐야? 이놈이나 저놈이나 왜 다들 나를 무시하는 거야?"

현재는 앞에 서 있는 진행요원 하나를 붙잡고 흔들다가 따귀를 올려붙였다. 그래도 아무 반응이 없었다. 현재는 진행요원의 눈빛이 조금 붉다고 생각했다. 이상했다. 마음이 급해졌다. 현재는 고릴라처럼 생긴 진행요원에게 소리쳤다.

"빨리 뛰어가서 저기 정문에 있는 저놈들 막아! 한 놈도 나가지 못하게 해. 한 놈이라도 나갔다간 다 끝장인 줄 알아!"

진행요원 몇이 혼비백산해서 정문으로 뛰어나갔다.

현재는 씩씩거리며 복도를 걸어갔다. 일단 상황을 파악해야 한다. 복도 한쪽 끝에 학생 한 명이 서 있는 것이 보였다.

"이봐 학생! 4층은 학생들이 올라오는 구역이 아니야. 어서 내려가."

학생은 들은 척도 하지 않았다. 현재는 흥분된 마음을 감출 수 없었다.

"이 버르장머리 없는 새끼들. 한번 맛을 봐야 알겠어?"

현재는 학생에게 다가갔다. 현재가 손을 올리는 순간, 구석에 서 있던 학생이 오히려 달려들었다. 그리고 현재가 밀어낼 틈도 없이 가슴에 머리를 파묻고 이를 박아 넣었다.

1989년 7월 30일 (일요일) 02:40

"무슨 소리 들리지 않았어? 건물 쪽에서 난 것 같은데."

"잘 모르겠는데?"

"책상을 조금 더 쌓아야겠는데, 안 다치고 넘어가려면."

순간 삑 하는 호각 소리가 났다. 교실 쪽에서 진행요원 몇명이 달려오는 것이 보였다.

"당장 그만두지 못해?" 진행요원이 소리쳤다.

"빨리 넘어가!" 현웅도 소리를 질렀다.

"이거 너무 높아서 못 넘어가겠어." 상훈은 떨리는 목소리로 말했다. "다칠 것 같단 말이야."

가장 먼저 달려온 진행요원이 상훈이 올라가 있는 책상 더미를 발로 찼다. 진행요원의 덩치는 엄청났다. 키는 현웅보다 작았지만 어깨가 벌어진 것이 고릴라를 연상케 했다.

상훈은 결국 넘어가지 못하고 다시 내려올 수밖에 없었다. 진행요원은 무슨 일 때문에 그렇게 흥분했는지 씩씩거렸다.

"빨리 교실로 들어가 이 못된 녀석들. 너희들 때문에 안의 분위기가 말이 아니야. 빨리 들어가!"

네 명의 진행요원이 쌓아놓은 책상을 집어 던지며 소리쳤다. 분풀이를 하려는 듯했다. 현웅은 당장이라도 진행요원에게 덤벼들려 했다. 하지만 석영이 옆에서 진정시켰다.

"안 돼. 진행요원은 대부분 선생님 아니면 공무원이야. 여기서 폭력을 쓰면 네 인생에도 문제가 생길 수 있어. 일단 교실로 돌아가서 다시 생각하자."

현웅은 주먹을 꼭 쥐고 석영을 따랐다.

11.
누가 이겼는지 말해 봐
There's many lost but tell me who has won

1989년 7월 30일(일요일) 02:55

벌써 새벽 세 시를 향해 가고 있는데, 소동은 점점 더 심해졌다. 아마도 수백 명이 발병하기 시작했을 것이다. 석영과 유선은 다시 이현재 보좌관에게 가 보기로 했다. 이 소동을 잠재울 방법이 없었다. 이젠 정말 사실을 말해야 하지 않을까? 어른의 도움을 받지 않고 일을 해결하겠다는 의지는 점점 약해졌다.

뭐라고 해야 하지? 무조건 잘못했다고 빌어야 하나? 어쨌든 아이들을 이대로 둘 수는 없다. 그 사람은 이미 상황이 어떻게 돌아가고 있는지 알고 있을지도 모른다.

4층으로 뛰어 올라간 석영과 유선은 어둠 속에 웅크리고 있는 사람을 보았다. 4층 복도 스위치가 어디 있더라? 더듬

더듬 벽을 손으로 짚었다. 웅크리고 있는 사람의 모습에 집중하느라 바로 옆에 있는 스위치도 손에 잡히지 않았다. 유선이 간신히 스위치를 찾아서 불을 켰다.

한 사람이 아니었다. 보좌관이 쓰러져 있고 그 위에는 한 학생이 석영과 유선은 신경도 쓰지 않고 엎드려 있었다. 설마 아니기를 바랐다. '생고기에 집착하는 경향을 보였다.' 그 실험일지에서 읽은 문장이 떠올랐다. 유선에게 뒤에 있으라고 하고 석영은 천천히 앞으로 나섰다.

학생의 머리에 가려서 보좌관의 가슴은 잘 보이지 않았다. 하지만 흘러나온 피로 상황을 알 수 있었다. 순간 학생이 얼굴을 들었다. 붉은 눈, 붉게 물든 입. 끔찍했다. 무서웠다. 보좌관은 쇼크 상태인 듯 간혹 몸을 떨었는데 죽었는지 살았는지 알 수 없었다. 가슴 부위에는 커다랗게 뜯긴 자국이 있었다. 석영도 아는 아이다. 백 인 토론을 할 때 가장 먼저 발표한 아이. 유일하게 제주도에서 올라왔다는 아이. 제주도에서 가장 많은 성씨인 고씨이고 이름은 제주도에 돌이 많아서 형석이라고 자신을 소개하던 바로 그 아이였다.

순간 사고가 멈췄다. 도망을 가야 할지 보좌관을 구해야 할지 알 수 없었다. 아이의 붉은 눈은 무서웠지만 어떤 적의도 발견할 수 없었다. 무심한 눈으로 석영을 바라보던 아이는 자신만의 식도락 파티를 다시 시작했다. 우적 하는 소리를 듣는 순간 욕지기가 터져 나왔다. 더 이상은 참을 수 없었다. 저 소리를 듣지 않기 위해서라도 이 카니발을 끝내야 했다.

석영은 있는 힘껏 형석을 걷어찼다. 누군가를 이렇게 강하게 때려 본 건 처음이다. 형석의 얼굴이 돌아갔다. 흥분해서 걷어차고 나니 이제 크게 다치지나 않았는지 걱정됐다. 상훈이 만든 해독제만 있다면 정상으로 돌아갈 아이인데, 혹시라도 나 때문에 크게 다치면 안 된다. 하지만 잠시 멈칫하던 아이는 그대로 보좌관의 가슴에 얼굴을 파묻었다. 두 가지 마음이 공존했다. 이 아이를 보호하고 싶다는 마음과 죽여서라도 카니발을 멈추고 싶다는 갈등이 가슴속에서 왔다갔다했다. 계속된 발길질에도 형석은 멈추지 않았다. 움찔움찔하는 미세한 반응만 보일 뿐이었다.

그때 유선이 어디에서 들고 왔는지 대걸레 자루를 가지고 뛰어왔다. 석영이 정신이 빠져 있는 동안 보좌관 방에라도 들어갔다 나온 모양이었다. 유선에게 걸레 자루를 받아든 석영은 형석의 등을 내려쳤다. 때리면서도 다리가 풀리는 느낌이 들었다. 잔인해져 가는 자신을 감당할 수 없었다. 문득 손끝에서 뭔가 부러졌다는 느낌이 전달돼 왔다. 걸레 자루는 멀쩡했다. 형석의 등이 이상하게 조금 뒤틀린 것 같았다. 거기까지가 석영의 한계였다. 허리가 뒤틀려도 비명 한 번 지르지 않고 오로지 피만 탐하고 있는 아이를 어떻게 할 방도가 없었다.

"빨리 빠져나가자. 멀쩡한 아이들이라도 살아야지." 유선이 멍해져 있는 석영에게 말했다.

석영은 비참한 표정으로 고개를 끄덕였다. 순간 유선이 뭔가를 가리켰다.

"저, 저것⋯⋯."

현재의 바지에서 열쇠가 삐져나와 있었다. 석영은 걸레 자루를 이용해서 조심조심 열쇠를 끌어당겼다. 열쇠 꾸러미가 다가왔다. 하나는 자동차 열쇠, 그리고 하나는 무엇인지 모를 열쇠였다. 석영은 자동차 열쇠를 유심히 보다가, 유선에게 주었다. 오토바이와 자동차는 다른 문제니까.

1989년 7월 30일(일요일) 03:20

"아니 안 돼."

현웅은 단호했다. 석영과 유선은 멀쩡한 아이들을 데리고 밖으로 나가자고 제안했다. 하지만 현웅은 반대했다.

"감염됐을지 안 됐을지 모르는 아이들을 데리고 나갈 수 없어. 나가서 발병하면 섬 전체로 퍼질 거야. 절대 안 돼. 아무도 못 나가. 오히려 우리가 나가는 애들을 막아야 해."

석영은 현웅이의 의견에 큰 충격을 받았다. 그러나 현웅의 말이 옳다는 것을 인정하지 않을 수 없었다. 현웅은 계속 말을 이었다.

"상훈아 너만 이 열쇠로 어떻게 해서든 밖으로 나가. 우리가 도와줄게. 그리고 남은 우리는 어떻게든 여기를 지킨다. 감염된 아이들이야 그렇다 치고 감염되었는지 안 되었는지 모르는 아이들이 더 골치 아픈데……."

"그래 그 말이 맞아." 유선이 동의했다.

"그런데 우리만으로 할 수 있을까?"

"또 있어, 우리를 도와줄 수 있는 사람. 확실히 감염되지 않은 사람들이 내부에 또 있어." 유선이 천천히 말을 이었다. "충걸이 패거리. 게네는 물을 마시지 않았을 거야. 지금 사태를 이해하고 우리를 도울 수 있는 유일한 애들이야. 마음에 들지는 않지만."

"아이들이 운동장으로 몰려나가고 있어!"

창문을 바라보던 한 아이가 소리를 질렀다. 고민하는 사이에 이미 혼란은 극도로 가중돼 있었던 것이다.

석영과 유선이 창문 쪽으로 재빨리 다가갔다. 몇 아이가 운동장을 가로 질러 달리는 것이 보였다. 진행요원은 여전히 정문을 지키고 있었다.

"우리도 빨리 나가자. 아이들을 지켜야 해. 진행요원만으로는 통제할 수 없을 거야."

조원들은 주저하면서도 현웅의 말을 따라야 한다는 것을 알았다. 몸을 지킬 만한 도구는 빗자루나 대걸레 정도가 전부였지만 뜻을 하나로 합쳤다.

"그래 지키자. 다른 애들은 이해하지 못하겠지만 이렇게 하는 게 아이들을 지켜주는 거야. 감염돼서 정신이 없는 아이들이 밖으로 나가면 무슨 일을 당할지 몰라. 서로 다치지 않도록 조심하고. 그리고 마지막으로 위험하면 도망가도록 해……."

석영은 뒷말을 흐릴 수밖에 없었다. 4층에서 본 것을 아이들에게 그대로 전할 수 없었기 때문이다. 유선도 석영이 말을 끝까지 하지 못하는 이유를 아는 듯 고개를 끄덕였다.

1989년 7월 30일 (일요일) 03:40

복도 상황은 안 좋았다. 아이들이 사방으로 뛰어다니고 있었다. 영문을 알지 못하는 아이들은 그저 혼란스러워할 뿐이었다.

"악! 이놈이 날 물었어. 죽고 싶어?"

물린 아이가 주먹을 휘둘렀다. 힘껏 때린 것 같은데도 맞은 아이는 아무 반응이 없었다. 그냥 조금 비틀대더니 표정도 변하지 않고 계속 다가왔다. 물린 아이는 기분이 나빠졌는지 그냥 뒤돌아서 도망갔다.

감염된 아이와 감염되지 않은 아이로 점점 패가 나뉘고 있었다. 처음에는 감염되지 않은 아이들이 감염된 아이들에게 당하리라고 생각했는데, 오히려 감염되지 않은 아이들이 폭력적이었다. 지레 겁을 먹고 다른 아이를 공격하는 일이 늘어나고 있었다. 감염된 아이들은 행동이 느려서 그저 맞기만 했다. 게다가 감염된 아이와 감염되지 않은 아이는 구별되지 않았다. 영문도 모르는 아이들은 조금만 이상해 보이면 서로 공격했다.

복도로 나온 석영과 일행은 어느 편을 지켜야 할지 알 수 없었다. 감염된 아이도 결국 같은 캠프 참가자였고 감염되지 않은 아이도 캠프 참가자였다. 석영 일행은 1층 계단으로 달렸다. 감염된 아이들이 느린 걸음으로 따라 왔지만 달리는 아이들을 잡지는 못했다. 간혹 앞을 가로막는 아이가 있었지만 현웅이 다리를 걸자 쉽게 넘어졌다.

"악! 나 잡혔어."

뒤에서 따라오던 여자아이가 소리를 질렀다. 같은 조원 미영이다. 석영은 뒤돌아갔다. 감염된 아이 하나가 미영이의 손을 붙잡고 있었다. 혼자 힘으로는 빠져나올 수 없을 것 같았다. 석영은 감염된 아이의 손목을 대걸레 자루로 내려쳤다. 그 힘에 미영이 휘청할 정도였지만 아이는 손을 놓지 않았다. 그리고 미영의 손목을 물었다. 석영은 4층에서 이미 이런 장면을 봤다. 감염된 아이는 아픔을 전혀 모른다. 아무리 내려쳐도 끄떡도 하지 않았다. 힘으로 떼어내는 수밖에 없다. 마침 현웅이 달려왔다. 상훈도 합류했다.

"저놈 머리 잡아. 턱을 벌려야 해."

미영은 소리를 지르며 바닥에 뒹굴었다. 감염된 아이는 팔을 계속 물고 있었다. 현웅이 뒤쪽으로 가서 팔로 머리를 감았다.

"미안, 누군지 모르지만."

석영은 눈을 질끈 감고 현웅이 잡고 있는 아이의 턱을 발로 힘껏 눌렀다. 턱뼈가 부러질지도 모른다고 걱정했지만 방법이 없었다.

겨우 입이 벌어지고 미영이 울면서 빠져나왔다. 현웅은 계속 버둥거리고 있는 아이를 뒤에서 잡고 있었다. 놓으면 다시 달려들 것이 뻔해서 놔줄 수 없었다.

순간 뒤에서 또 다른 사람이 다가왔다. 다리를 절고 있었다. 감염된 것이 확실했다. 이대로 있으면 현웅도 잡힌다. 석영은 다시 손에 힘을 줬다. 걸레 자루로 아이의 머리를 힘껏 내리쳤다. 아이가 스르르 눈을 감았다.

"됐다. 도망가자."

"다른 곳은 아무리 때려도 반응이 없었는데 머리를 때리니까 기절하네? 기생충이 머리에 자리를 잡기 때문에 그곳을 맞으면 충격을 받는 모양이야." 상훈은 뛰어오면서도 뭔가 설명하려고 했다.

"누구라도 머리를 맞으면 기절하는 법이야." 현웅이 말했다.

"그건 그렇다."

"그건 그렇다?"

현웅과 같이 미영이를 부축해서 계단을 내려오던 석영은 분노했다. 상훈을 향한 분노였다.

"무엇 때문에 이런 일을 벌인 거야? 실험? 네 얄량한 실험 때문에 이 아이들이 이렇게 다치고 있는 거라고!"

손이 있었으면 멱살이라도 잡았을 것이다. 상훈이는 고개만 숙일 뿐이었다.

석영은 뒤를 돌아보았다. 다가오던 또 다른 사람의 모습이 보였다. 석영은 순간 얼어붙었다. 가슴에 피를 흘리고 서 있는 그 사람은 아무래도 현재인 듯했다.

1989년 7월 30일 (일요일) 03:47

"나야 유선이. 문 좀 열어 봐."

충걸의 패거리는 교실 안에서 문을 걸어 잠그고 있었다.

혼란스러운 상황임에도 밖에 나가서 돌아다니지 않은 건 좋은 판단이었다.

안에서 소리가 들렸다. 충걸의 목소리다.

"주변에 누구 없어?"

"이 근처에는 안 보여. 문 좀 열어 봐."

충걸이 문을 빼꼼 열어 주었다. 안에는 충걸과 충걸을 따르는 무리 서너 명이 모여 있었다.

충걸도 무슨 일인지 모르겠다는 듯 물었다.

"이게 무슨 난리야? 애들이 다들 미친 것 같네?"

"이게 다 너와 효상이 저 자식이 저지른 일이란 걸 모르겠어?"

유선은 충걸에게 그간 일어난 일을 간략하게 설명했다. 그리고 충걸의 패거리에게 도와달라고 부탁했다.

"그럼 우리도 피해야지, 뭔 소리야?"

"그렇게 달아나 버리면 저 애들은 어떡하고? 저렇게 정신이 없는 채로 돌아다니다가 차에 치일 수도 있고, 잘못하면 경찰한테 끌려갈 수도 있어. 이 안에 있어야 해. 빠르게 움직이지는 못하니까 우리가 충분히 막을 수 있을 거야. 그 안에 상훈이가 어떻게든 해독제를 가지고 올 거야."

"걔를 어떻게 믿고 내보내? 네 말이 사실이라면 상훈이란 녀석도 감염돼 있을 수도 있잖아."

"아니, 우린 아니야. 물을 안 마신 너희들도 당연히 아니겠지. 난 해독제를 먹었어. 그런데 이제 해독제는 더 이상 없어. 효상이 너도 그 약을 먹어 봤으니 기분을 알겠지?"

효상이 눈을 똥그랗게 떴다. "뭔가 기억이 나지 않아 지금까지 찜찜했는데……." 이제야 궁금증이 모두 풀린 것 같았다. "그 상훈이라는 개자식이!"

효상은 이를 악물었다.

"그렇단 말이지? 효상아 넌 하나도 기억이 안 나는 거야?"

"응, 턱이 좀 얼얼한 느낌이 들어서 기절하면서 쓰러진 줄 알았어. 내가 무슨 빈혈 증상이 있나 해서 혼자 걱정을 많이 했는데, 그 자식 짓이었다니."

"알았어. 도와주지. 애들이 나가지 못 하게만 하면 된다는 거지?" 충걸이 피식하고 웃더니 패거리를 돌아봤다. "애들아 뭐 몽둥이 같은 것 좀 만들어 봐, 저 책상 다리나 뭐 그런 걸로."

"애들을 다치게 하면 안 돼!" 유선이 다급하게 소리쳤다.

"헛소리 하지 마. 사람을 보면 다짜고짜 물려고 하는 미친 놈들을 그냥 맨손으로 막으라고? 난 네 부탁을 들어주는 것뿐이니까, 잔소리하지 마."

우지끈하며 책상이 부서지고 의자가 부러졌다. 손에 몽둥이를 든 아이들이 괴성을 지르며 교실을 뛰쳐나갔다.

12.
마음속에 판 참호
The trenches dug within our hearts

1989년 7월 30일(일요일) 03:50

"다들 자기 교실로 들어가! 지금 돌아가지 않으면 학교에
통보해서 벌칙을 받게 할 거다. 머리에 피도 안 마른 것들이
무슨 짓이야?"

진행요원 김두형은 제대한 지 이제 일 년이 조금 넘었다.
4학년을 모두 마치고 군대를 지원했으니 남들보다 조금 늦
게 다녀온 셈이다. 유도 특기생으로 체대에 진학했으나 부상
과 동시에 부진이 따라왔다. 결국 선수의 길을 버리고 체육
선생이 되기로 했다. 고등학교까지 매트 위에서만 생활했는
데 이제 펜을 잡아야 했다. 무뎌진 머리에 채찍질을 하며 교
원자격증까지 모두 땄을 때는 이미 졸업이 코 앞이었다. 더
는 군대를 미룰 수 없었다.

논산에서 훈련을 받는 도중 차출됐다. 그리고 소속된 곳이 기동타격대였다. 무거운 전투복과 방패, 그리고 기다란 몽둥이를 들고 매일 전쟁터 같은 시위 현장을 누볐다. 화염병이 머리 위로 날아올 때면 오싹한 기분이 들었다. 바로 옆 동료가 보도블록에 머리를 맞고 그 자리에서 후송된 적도 있었다. 최루탄 연기는 자욱했고 방독면에는 습기가 서려 앞이 보이지 않았었다. 그러다 눈앞에 갑자기 나타난 대학생이 휘두른 쇠파이프에 맞을 때면 고통보다 분노가 치솟았다. 그들이 외치는 구호는 전쟁의 북소리 같았다. 분노가 치솟으면 자신도 모르게 몽둥이를 휘둘렀고 전진 명령이 떨어지면 하나라도 더 체포해야 속이 풀렸다. 숙소로 돌아오면 언제 다쳤는지도 모르는 상처가 온몸에 나 있었다.

그리고 겨우 햇병아리 체육선생이 되었는데 얼결에 진행요원으로 자원했다. 그런데 이게 무슨 일이야? 아무리 아무것도 모르는 애들이라고 해도 이런 뜬금없는 짓을 벌이다니. 두형의 눈에 좋게 보이지 않았다.

"그게 아니라 애들이 이상해요. 내보내 주세요."

여자아이가 울면서 달려온 것부터 조짐이 안 좋았다. 순간 다른 남자아이 하나가 무작정 문을 잡고 흔들었다. 다른 진행요원이 제지하자 아이는 욕을 하기 시작했다.

"에이 씹할, 이거 놓으란 말이야."

"저 자식이!"

두형은 순간 흥분했다. 진행요원이라는 명찰을 달고 있지만 다들 선생이고 교직원이다. 모욕이었다. 항상 손에 들고 다니던 작은 몽둥이로 아이의 다리를 내리쳤다. 남자아이는 갑작스러운 공격을 받고 뒹굴었다.

"정신 차리고 진압해! 모두 자리로 돌아가!"

타격대에서의 말버릇이 나오고 말았다. 그렇게 후회하는 군생활이지만 급박한 상황에서는 아직도 군대 버릇이 나오고 있다. 두형의 외침을 들은 진행요원은 처음에는 주춤하다가 두형의 말을 순순히 따랐다. 어쨌든 대부분 삼십 개월을 군대에 몸담은 사람들이니까.

정문 쪽으로 뛰어온 십여 명의 아이들은 당황했다. 교실에서는 이상하게 행동하는 아이들이 계속 생겨나는데 정문을 지키는 어른들은 몽둥이를 휘두르며 도망치지 못하게 한다. 중간에서 이러지도 저러지도 못하고 있었다.

그 순간 학교 쪽에서 달려오는 또 다른 아이들 무리가 보였다. 다친 아이가 있는지 누군가를 부축한 모습도 보였다. 중간에 있던 아이들은 달려온 아이들이 힘을 합쳐 길을 열리라 기대했다. 하지만 그 아이들의 행동은 의외였다.

"다들 조용히 여기서 기다리자. 지금 밖으로 나가면 안 돼."

달려온 아이들은 나가게 도와주기는커녕 밖으로 나가지

말라며 진행요원 편을 들었다.

"지금 저 안이 아수라장이야. 애들이 다들 이상하게 변했어. 이유 없이 계속 씩씩거리면서 돌아다니고 어떤 놈은 나를 물려고 했고, 실제로 물린 아이도 있었단 말이야."

한 아이가 항변했다.

"일단 너희 모두 안으로 들어가!"

두형이 위협적으로 소리를 지르며 앞으로 나섰다.

다른 아이가 말했다. "아니요. 안으로 들어가는 것도 안 돼요. 안도 위험합니다. 여기서 지켜봐야 해요."

이미 흥분해 있던 두형은 소리부터 질렀다.

"안으로 들어가라고 했잖아. 말이 말 같지 않아?"

소리와 함께 몽둥이가 머리 위로 올라갔다. 그때 키가 커다란 아이가 부축하고 있던 여학생을 거의 던지다시피 내려놓더니 날라차기를 했다. 기습을 당한 두형은 비틀거리다가 넘어졌다.

"현웅아!" 여학생이 소리쳤다.

1989년 7월 30일(일요일) 04:00

사태는 커져만 갔다. 흥분한 진행요원과 학생 간의 몸싸움이 돼 버렸다. 이유와 목적은 이미 상실됐다. 공포는 사라지고 분노만 남았다. 무조건 밖으로 나가려는 아이들, 몽둥이로 다스리려는 어른들 그리고 중간에서 나가려는 아이들을 막으며 어른들의 폭력에도 저항하는 또 다른 아이들. 흥분 속의 폭력은 피를 부른다. 피를 본 아이들은 더욱 흥분한다. 악순환이었다.

비록 부상 탓에 은퇴하기는 했지만 유도로 다져진 체격과 기술이 있는 두형의 전투력은 놀라웠다. 현웅도 타고난 싸움꾼인 데다가 엄청난 신체적 이점을 지녔지만 정식으로 수십 년간 운동을 한 사람과 맞붙기는 처음이었다. 두형은 재빨리 자세를 가다듬고 현웅에게 달려들었다. 현웅도 잡히지 않으려고 주먹을 날리며 뒤로 빠졌지만 성난 들소보다 빠른 두형에게 허리를 붙잡혔다. 그 커다란 덩치에서 저 정도의 순발력이 나온다는 것이 놀라웠다. 유도선수에게 잡히면 빠져나가기는 거의 불가능하다. 순식간에 조르기 자세에 들어간 두형은 현웅의 목을 졸랐다.

"너 같은 자식 한두 명 상대해 본 줄 알아? 어린 새끼가 겁도 없이."

현웅은 괴로웠다. 숨이 막힌 것도 그렇지만 꼼짝도 못 하는 것이 더 굴욕적이었다. 지금은 선생 대 학생의 대결도 아니었다. 그냥 남자 대 남자의 대결이다. 옴짝달싹할 수 없으니 주먹도 발도 아무 소용없었다. 눈앞에 다른 아이들이 보였다. 어른을 상대로 폭력을 쓰려는 아이는 거의 없었다. 숫자는 많지만 그저 도망가려고만 했다. 잠겨 있는 철문을 흔들던 한 아이가 진행요원에게 둘러싸여 매질을 당하고 있었다. 현웅은 도대체 왜 이 아이들이 맞아야 하는지 알 수 없었다. 놀라고 당황해서 뛰쳐나온 아이들에게 왜 어른들이 이렇게 대하는 걸까? 두형의 팔에 힘이 조금 더 들어가자 현웅은 정신이 아뜩해지는 것을 느꼈다. 어떻게든 빠져나가 보려 했지만 몸에서 힘이 빠졌다.

갑자기 두형이 비명을 질렀다. 현웅을 잡고 있던 손도 놓아 버렸다. 미영이었다. 옆에서 힘없이 앉아 울던 미영이 갑자기 두형에게 달려들어 어깨를 물어 버린 것이다. 두형은 소리를 질렀다.

"아악! 이 미친년이 악!"

두형은 마구잡이로 주먹을 휘둘렀다. 어깨 쪽을 물려 있어서 자세가 좋지 않았는데도 한쪽 팔로 복부며 얼굴을 마구 때렸다. 그래도 미영은 입을 벌리지 않았다. 현웅은 미영이 자신을 구하려고 두형을 물었다고 생각했다. 그래서 미영이 맞는 것을 두고볼 수 없었다. 있는 힘을 주먹에 모아 미영에게 정신이 팔려 있는 두형의 턱을 정확히 강타했다. 두형의 초점이 살짝 풀리더니 나무가 넘어가듯 쓰러졌다.

"휴, 이제 그만해. 미영아."

현웅은 달래듯 미영에게 말했다. 하지만 미영은 그 자세로 꼼짝하지 않았다. 오히려 어깨를 더 물고 늘어졌다. 그리고 얼굴을 들었다. 미영은 피가 잔뜩 묻은 입을 무표정하게 우물거렸다. 현웅은 충격을 받아 주저앉아 버렸다. 미영의 얼굴에는 어떤 공포도, 광기도 없었다. 고요하게 자신의 일을 한다는 듯 씹어 삼키고만 있었다. 다만 그 눈만 붉게 빛났다.

무언가를 꿀꺽 삼킨 미영은 다시 두형의 어깨로 입을 가져갔다. 두형의 어깨는 살이 티셔츠와 함께 찢겨 나간 상태였다.

"안 돼. 하지 마."

현웅은 미영을 붙잡았다. 하지만 미영은 멈추지 않았다. 두형을 꼭 잡은 손을 절대 풀지 않았다. 아무리 잡아당겨도 도저히 이해할 수 없는 힘으로 버텼다.

"제발 그만하라고. 그만!"

현웅은 거의 울부짖었다. 미영에 대한 공포와 연민이 동시에 솟았다. 그저 미영의 허리를 잡고 뒤로 당기는 것밖에 할 수 없었다. 하지만 미영과 두형이 같이 끌려올 뿐이었다.

순간 누군가가 다가와 미영의 머리를 기다란 몽둥이 같은 것으로 후려쳤다. 석영이었다.

"미안, 방법이 없었어."

머리를 맞은 미영은 그대로 기절했다.

"미영이한테는 미안하지만 기절시키려면 이 방법밖에 없는 것 같아서……."

석영은 얼굴을 찡그리며 변명하듯이 말했다. 석영도 기분이 좋지 않을 것이다. 전부터 알고 지내던 친구는 아니었지만 같은 조원으로 계속 얼굴을 맞대던 아이였는데, 게다가 여자아이를 이렇게 때리는 것은 생각도 못 해 봤을 것이다.

현웅도 그 마음을 이해했다.

"그런데 말이야. 미영이도 분명히 해독제를 먹었는데 왜 감염된 거지?"

"혈관으로도 감염되는 것 같아." 다가온 상훈이 그 말에 대답했다. "그래서 아마도 좀 더 빨리 반응이 나타나는 것인지도 모르겠어. 기생충을 복용하는 것만 실험했는데 혈관을 따라가면 더 빨리 제자리를 잡는 모양이야. 기생충은 자신이 살기 위해 다른 곳으로 옮겨 다니는 특징이 있거든. 회충의 알이 개의 똥에 섞여 있다가 흙으로 들어가고, 흙장난하는 아이의 손을 거쳐 인간에게 다시 전염되듯이 말이야. 이 기생충은 이런 식으로 옮겨가는 방법을 택한 것이겠지. 상대의 혈관에 이를 박아 영양을 섭취함과 동시에 알을 넘겨주는 것 같아. 이런 결과까지는 생각하지 못했어. 아버지가 이 사실을 알고 있었는지도 잘 모르겠고. 실험일지에 이런 내용은 없었으니까."

"그렇다면 지금부터 큰일인데, 물려도 전염이 된다는 뜻이고, 전염되면 물려고 한다는 것이잖아."

"그렇다면 큰일이 하나 더 있는데……."

상훈이 말하며 자신의 팔을 가리켰다. 물린 듯한 상처가 있었다.

"아까 미영이하고 싸움을 말릴 때 누군가에게 물린 것 같거든. 그리고 지금 몸도 무겁고 조금 이상해……."

상훈은 말하면서 체념한 듯 미소를 지었다. 그리고 눈빛이 붉게 변해 갔다. 석영은 재빨리 다가와서 상훈의 눈을 바라보며 말했다.

"넌 이제부터 내 말을 듣는다."

아이컨택은 성공했지만, 이제 어떻게 해야 할지 알 수 없었다. 상훈은 감염됐고 해독제는 남은 것이 없다.

현웅은 일그러진 얼굴로 학교 쪽을 가리켰다. 아이들이 하나씩 건물을 빠져나와 정문을 향하고 있었다. 그리고 모두 다리를 질질 끌었다.

13.
눈물은 날려 버려
Wipe your tears away

여유는 오 분 길어야 십 분.

감염된 아이들은 달리지 않는다. 아니. 달리지 못한다. 저 수많은 아이들이 도착하기 전까지 정문 앞의 전투를 끝내야 한다.

"모두 주목! 안 그러면 이 사람은 죽는다!"

석영은 마치 창으로 적군을 찌르려는 듯한 자세로 걸레 자루를 들고 쓰러져 있는 두형의 목을 겨누었다. 그 모습을 본 진행요원은 동작을 멈췄다. 아이들도 정신을 차리고 석영을 쳐다보았다. 아주 짧은 정적. 그 정적을 기회로 삼아야 한다.

"지금 당장 싸움을 멈추세요. 그리고 너희도 진정해야 해. 저기 건물 쪽을 봐. 수백명의 아이들이 다가오고 있다. 확실한 것은 아니지만 저 아이들이 우리를 공격할지도 몰라. 그러나 저 아이들은 괴물이 아니야. 뭔가 저 아이들을 혼란스럽게 한 것뿐이야. 우리 친구이자 환자야. 침착하게 행동하자. 나에게 열쇠가 있어. 여기 정문에 붙어 있는 자물쇠에 맞는 열쇠이길 바라야지. 침착하게 빠져나가자. 모두가 혼란에 빠지면 안 돼."

아이들과 진행요원은 그 말에 동조했다.

잠시 무거운 침묵이 흘렀다.

"자, 열쇠는 나한테 줘. 내가 통제할게. 그리고 상훈이를 데리고 나가라. 네가 어떻게든 해봐. 상훈이는 지금 네 말만 듣게 되어 있으니까." 현웅은 석영에게 말한 뒤 다른 아이들에게 소리쳤다. "한 사람씩 나간다. 누가 다치는 걸 보고 싶지 않으면 질서를 지켜!"

그리고 현웅은 자물쇠를 땄다. 다행히 맞는 열쇠였다. 현웅은 조심스럽게 문을 열었다.

석영은 머뭇거렸다. 아무도 나가지 말고 지키자고 한 말을 어겨야 했다. 상훈은 멍한 얼굴로 석영의 뒤에 서 있었다. 눈빛이 이상한 것만 제외하고는 외견상 아무 이상이 없었다.

교실에서 나온 감염된 아이가 이제 정문에 거의 다가왔다. 현웅이 외쳤다.

"빨리 나가!"

석영은 마지못해 상훈을 데리고 철문 밖으로 나섰다.

석영과 상훈이 문을 나서자마자 현웅은 문을 재빨리 닫고 다시 잠가버렸다.

"무슨 짓이야?"

"처음에 한 약속은 변함이 없다. 여기 있는 사람 누가 보균 자인지 몰라. 또 감염된 아이와 감염되지 않은 아이 모두 지켜 준다고 약속했잖아. 이제 너희 둘이 잘해 봐. 돌아올 때까지 내가 지킬게. 빨리 다녀와라. 그리고 유선이에게도 네가 반드시 돌아올 거라고 말해 줄게."

그렇게 말하고 현웅은 열쇠를 담장 밖 수풀 쪽으로 집어던졌다. 안에 남아 있던 아이들은 그 모습을 보고 극도의 혼란에 빠졌다. 도망갈 수 있는 길이 눈앞에서 막혀 버렸다.

석영은 수풀 쪽으로 가서 열쇠를 찾으려고 했다. 하지만 안에서 현웅이 소리를 질렀다.

"네가 그걸 찾으려 하면 할수록 우리에게 시간이 줄어드는 거야. 빨리 가라. 최대한 빨리."

석영은 이를 악물었다. 왜일까? 눈물이 났다. 그냥 눈물이 었으면 좋겠다. 감염돼서 눈이 흐려지는 것은 아니었으면 했다. 석영은 상훈을 데리고 최대한 빨리 사라지려고 노력했다. 그러나 자꾸 뒤돌아보게 되는 것을 어쩔 수 없었다.

철문은 굳게 닫혔다.

1989년 7월 30일(일요일) 04:25

현웅은 이제 코앞까지 다가온 감염된 아이들을 바라보았다. 그리고 주문을 외우듯이 중얼거렸다.

"절대 잡히지 마라. 잡히면 끝장이다. 감염된 아이들은 절대 놓지 않을 거야. 그리고 머리를 노려라. 다른 곳은 아무리 때려도 반응하지 않을 거다."

드디어 감염된 아이들과 부딪쳤다. 가장 가까이 다가온 아이를 현웅이 발로 차서 넘어뜨렸다. 그 뒤에서 다가오던 아이는 앞의 아이가 넘어지자 같이 걸려 넘어졌다. 마치 인형 같았다. 중심을 조금만 무너뜨리면 걷잡을 수 없이 넘어졌다. 넘어진 아이를 밟고 다른 아이가 앞으로 나왔다. 진행요원들도 사태의 심각성을 깨닫고 아이들이 철문 쪽으로 다가오지 못하게 하려고 애를 썼다. 아무거나 손에 들고 있는 것을 이용해서 계속 밀어 넘어뜨렸다. 기분이 나쁜 것은 넘어진 아이들의 반응이었다. 넘어진 아이 몇몇은 일어났지만 다른 몇몇은 넘어진 채 그대로 기어서 다가왔다. 오로지 전진하려는 욕망만 남은 것 같았다.

진행요원 하나가 그런 아이에게 발목을 잡혔다.

"이거 놔!"

진행요원이 소리를 지르며 발목을 잡은 손목을 발로 밟았지만 아이는 놓지 않았다. 더 이상 세게 밟으면 아이의 손목

153

은 부러져 나갈 것 같았다.

"머리를 쳐요. 기절할 정도만!"

보고 있던 현웅이 소리쳤다. 진행요원은 들고 있던 몽둥이로 아이의 머리를 내리쳤다. 하지만 아이는 손을 풀지 않았다. 그 정도로 쉽게 기절하지는 않았다. 그 틈에 또 다른 아이가 진행요원의 팔을 잡았다. 사정이 급해지자 뒤편에 서 있던 여자아이들이 나서서 진행요원을 빼주려 애썼다. 진행요원을 사이에 두고 감염된 아이와 여자아이들, 그리고 도와주러 달려온 다른 진행요원 간의 거대한 줄다리기가 시작됐다. 이미 다리를 잡은 아이가 이미 발목에 이를 박아 넣었다. 진행요원은 고통에 비명을 질렀다. 자신들도 물릴까 봐 겁이 난 아이들은 진행요원을 놔두고 도망갔다.

진행요원의 팔을 잡고 있던 아이와 몇몇 감염된 아이들이 도망간 아이들을 따라서 천천히 방향을 바꿨다.

문을 지키던 사람들도 처음의 의협심은 사라지고 점점 지쳐갔다. 아무리 계속 밀고 넘어뜨려도 감염된 아이들은 지치지 않고 다가왔다.

발목을 물린 진행요원은 이를 박아 넣고 있는 아이의 머리를 여러번 내리쳤다. 그제야 아이는 머리를 떨궜다.

겨우 일어난 진행요원이 비틀대며 말했다. "창고로 가자! 창고 안쪽에 걸쇠가 있어."

진행요원 몇이 다리를 다친 진행요원을 부축해서 갔다. 그러곤 창고 안으로 들어갔다. 뒤를 이어 다른 아이들도 창고로 달려갔지만 안에서 문을 열어주지 않았다. 문이 열리지 않자 따라온 아이들은 당황했지만 계속 달릴 수밖에 없었다. 감염된 아이들이 쫓아왔기 때문이다. 교실 안에서도 아이들의 그림자가 비치기 때문에 들어갈 수도 없었다. 아이들은 서로를 믿을 수 없었다.

정문을 막는 현웅도 이제 많이 지쳤다. 영원히 이렇게 차고 때리고 피할 수는 없다.

그때 정문 쪽으로 오던 감염된 아이들의 뒤쪽에서 뭔가 일이 일어났다. 아이들 몇 명이 뒤쪽으로 방향을 돌렸다.

충걸의 패거리였다. 충걸의 패거리가 감염된 아이들의 뒤쪽을 습격했다. 의자 다리와 걸레 자루 등을 이용해서 만든 몽둥이로 감염된 아이들을 닥치는 대로 공격했다. 충걸의 패거리에게 다가간 감염된 아이들은 두들겨 맞아 쓰러지기 시작했다. 현웅과 조원들이 아이들을 다치게 하지 않는 선에서 쓰러뜨리려 한 반면 충걸의 패거리는 서슴지 않고 폭력을 휘둘렀다. 살이 터지고 피가 흘렀다. 그러나 공포나 고통이 없는 아이들은 계속해서 충걸의 패거리에게로 다가갔고, 그에 따라 더욱 강한 폭력이 오갔다.

1989년 7월 30일 (일요일) 04:34

유선은 충걸에게 도와달라고 부탁한 일을 후회하기 시작했다. 오히려 지금 피해자로 보이는 쪽은 감염된 아이들이다. 피를 흘리고 넘어지고 어떤 아이들은 기절했다. 유선이보기에는 목숨이 위험할 수도 있었다.

"때리지 마! 애들이 다치잖아!"

유선이 소리를 질렀지만 충걸과 패거리는 아랑곳하지 않았다. 오히려 재미를 느낀 듯했다. 더욱더 폭력은 심해졌다. 벌써 감염된 아이들은 스무 명이 넘게 바닥에 넘어져 있었다. 멀쩡한 모습이었을 때와는 달리 피를 흘리며, 무표정하게 기어 다니고 있어서 괴기스러웠다.

"도와달라고 한 건 너였잖아? 난 한 번은 이렇게 해 보고싶었어. 너도 한번 해 봐. 곤란해지기 전에."

충걸이 예의 비웃는 표정으로 말했다. 곤란해진다는 말은맞았다. 유선에게도 감염된 아이들이 달려들고 있었다. 감염된 아이들은 느렸다. 유선의 걸음으로도 쉽게 피할 수 있었다. 여럿에게 둘러싸이지만 않으면 위험할 것은 없다. 하지만 이 좁은 공간 안에 수백 명은 되는 감염자가 있다. 아는얼굴 몇 명을 제외하고는 모두 믿을 수 없었다. 유선은 감염된 아이들을 피해 달리다가 앞에 사람이 나타나면 흠칫하고놀랐다.

이제 서로가 피해자다. 아니 최초부터 감염된 아이들은 피해자였다. 자의에 의해 저런 상태가 된 것이 아니었다. 직접적으로는 효상이 한 짓 때문에 영혼 없이 떠돌아다니는 존재가 된 것이지만, 효상에게 약을 전달한 사람은 다름 아닌 유선이었다. 그리고 유선에게 전달한 사람은 상훈이었다. 상훈을 소개해준 것은 석영이었다. 상훈은 아버지 때문에 그렇게 되었다. 모두가 가해자였다.

1989년 7월 30일(일요일) 04:38

뒤쪽에서 벌어진 충걸 패거리의 공격 때문에 현웅이 있는 정문 쪽으로 밀려들던 아이가 조금 줄어들었다. 현웅은 그제야 눈치챘다. 감염된 아이가 정문으로 몰려든 것이 아니라 자신들에게 몰려들었음을. 굳이 정문을 지키고 있을 필요가 없었다. 자신들이 흩어지면 감염된 아이들도 흩어질 것이다. 현웅은 소리쳤다.

"모두 흩어져서 도망가! 이 애들은 우리를 쫓아온 거야. 밖으로 나가려고 하는 게 아니야."

그 소리를 듣고 몇 아이가 자리를 피했다. 다른 아이가 그제야 겁에 질려 정문을 잡고 흔들어댔다. 현웅은 달려갔다.

"안 돼! 절대로 안 돼! 우리도 지금 감염되지 않았다고 장담할 수 없어. 지금 나갔다가 발병하면 죽을지도 몰라. 차라리 이 안에 있는 게 가장 안전해."

현웅의 말에 아이들이 머뭇거렸다. 그 머뭇거리는 사이에도 감염된 아이들이 다가왔다. 현웅은 들고 있던 몽둥이로 가까이 다가온 아이의 머리를 내려쳤다. 다행히 한 번에 기절해 주면 좋을 텐데, 기절하지 않으면 몇 번을 더 내려쳐야 했다.

'이것밖에 방법이 없는 것일까?'

손에 느껴지는 둔중한 충격을 느끼며 현웅은 생각했다. 지금까지는 공정하게 일 대 일 싸움만 해 왔다. 그러나 지금은 일방적인 폭행이다.

그런 머뭇거림 때문에 몽둥이로 내려치는 힘이 자꾸만 약해졌다. 약하게 때리면 기절하지 않았다. 기절하지 않은 아이는 두 번 세 번 계속 때려야 하니 머리에 상처가 나고 피가 흘렀다.

'나중에 저 상처를 치료해 줄 수 있을까?'

현웅이 잠시 상념에 빠져 있을 때 누군가의 몽둥이가 날아왔다. 현웅은 반사적으로 피하며 주먹을 날렸다. 상대가 나가떨어졌다. 충걸이었다.

"뭐 하는 짓이야?" 현웅은 소리쳤다.

충걸은 먼지를 털며 대답했다.

"누가 감염된 놈인지 어떻게 알아?" 미안하다는 기색은 전혀 없었다. "사실 그게 상관은 없지."

충걸은 뒤돌아 달려가서 한 아이를 몽둥이로 후려쳤다.

14.
무뎌지고 있어
It's true we are immune

1989년 7월 30일(일요일) 04:40

아이들은 뭔가를 찾아 헤매는 듯이 다리를 질질 끌면서 복도를 돌아다녔다. 아이들은 눈빛이 붉게 빛난다는 것을 제외하면 깨끗했다. 여름이라 땀이 나서 번들거릴 법도 하지만 메마른 얼굴이었다. 복도를 정처 없이 떠돌아다니고 있는 또 다른 사람이 한 명 있었다. 눈에 띄는 그 한 사람을 만나면 초점 없는 눈빛의 아이들도 피했다.

가슴에 심한 상처가 나 있는 이상한 사람. 현재다. 티셔츠 위의 피는 말라붙어 있었다. 현재는 다른 아이들과 달랐다. 현재는 가끔 눈을 깜박거렸다. 다른 아이들은 눈을 깜박이지 않았다. 아이들은 붉은 눈을 반짝일 뿐, 깜박이지도 않고 한 곳만 노려본다.

현재는 타는 듯한 갈증을 느꼈다. 다른 아이들은 사신이 무엇을 느끼는지도 알지 못하지만 현재는 다르다. 자신이 타는 갈증을 느끼고 있다는 것을 확실히 알았다. 머릿속에 자리 잡은 기생충은 끊임없이 헤모글로빈이 섞여 있는 액체를 원했다. 그 기생충은 피를 원활하게 공급해 주지 않자, 숙주의 몸속에 있는 피를 조금씩 사용했다. 그 때문에 숙주는 신선한 피를 갈구했다. 기생충이 뇌에서 신경망을 조작해 이 끔찍한 사실에 대한 기억을 지워 주고 고통도 없애 주는 건 숙주에게 다행이었다. 기생충은 끊임없이 갈망을 주입했다.

현재는 주입되는 갈망을 느꼈다. 눈을 한 번 깜박일 때마다 여러 가지 심상이 머릿속을 스치고 지나갔다. 분노다. 알 수 없는 분노가 그의 머릿속에 각인됐다. 이성과 본능이 뒤섞였고, 그 속에 세상을 향한 분노가 자리 잡았다.

한 아이가 스쳐 지나가자 어떤 심상이 마음속에 자리 잡았다. 또 다른 아이가 스쳐 지나가자 운동장이라는 심상이 마음속으로 들어왔다.

현재는 운동장으로 나섰다. 심상을 쫓아서, 갈증을 쫓아서 그렇게 발걸음을 옮겼다. 피의 향기가 현재의 마음을 사로잡았다. 싱그러운 생고기의 냄새. 교실 안에서는 맡을 수 없던 냄새다. 다시 눈을 깜박였다. 번개가 친 듯 번쩍이는 뭔가가 눈앞을 지나갔다. 그러곤 다시 분노. 피에 대한 갈증보다 분

노를 먼저 다스리고 싶었다. 뭔가를 없애야 이 분노가 풀어
질 것 같았다. 절뚝거리며 바로 앞을 지나가는 한 아이를 붙
잡았다.

신선한 냄새를 쫓고 있던 아이다. 아이를 붙잡는 순간 모
든 심상이 현재의 머릿속과 마음속으로 밀려 들어왔다. 갈
증, 분노 그리고 아주 약한 공포. 아이가 내뿜는 냄새에는 갈
증이 가장 많이 섞여 있었다. 현재는 자신을 바라보는 붉은
눈동자가 싫었다. 그 붉은 눈동자에 분노가 치밀었다.

현재에게 잡힌 여자아이는 손을 뿌리치고 앞으로 나아가
려고만 했다. 현재는 무표정한 여자아이의 목을 졸랐다. 아
이의 머리로 배달되는 피가 급속히 줄어들었다. 아이의 움직
임이 느려졌다. 알 수 없는 분노가 계속 커져만 갔다. 피에
대한 갈증도 계속해서 커져 갔다. 그러나 지금 손에 잡힌 이
아이를 먹고 싶지는 않았다. 산소가 부족한 아이의 피는 맑
음을 잃고 끈적끈적해져 있을 것이다. 현재는 손에 더욱 강
한 힘을 주었다. 부러지는 소리가 났고 아이는 고개를 들지
못했다. 그래도 아이는 계속 갈증이라는 심상을 내뿜었다. 잠
시 후 아이의 움직임이 멈췄다. 아이의 머릿속에 자리 잡은
기생충도 영양을 공급받지 못해 움직임을 멈췄을 것이다. 그
와 함께 이 아이의 생명도 사라졌다. 현재는 아이를 던졌다.

현재의 등 뒤로 둔중한 충격이 전해져왔다. 뒤를 돌아보

니 아주 빠르게 움직이는 아이가 보였다. 신선한 냄새도 같이 내뿜는 아이였다. 아이는 얼굴에 미소를 띠고 있었다. 재미있어 죽겠다는 표정이었다. 현재는 그 표정을 읽지는 못했다. 하지만 이 아이가 내뿜는 냄새를 맡으니 참을 수 없는 분노가 다시 느껴졌다. 그리고 이 아이를 꼭 먹어야 풀릴 듯한 갈증도 느껴졌다.

* * *

아이는 몽둥이로 양복쟁이의 머리를 내리쳤다. 그러나 살짝 빗맞았다. 아이는 이 양복쟁이가 몽둥이를 피한 것이 아닌가 하고 의심했다. 빨리 움직이지는 않았지만 살짝 피한 듯한 느낌을 받았기 때문이다. 보통 감염된 아이들은 그륵그륵 소리를 내며 앞으로 곧장 걸어오기만 했다. 적당한 거리를 두다가 달려가서 몽둥이로 내려치면 그저 맞다가 기절했다. 또 느리고 멍청했다. 그래서 위험할 게 하나도 없었다.

순간, 아이는 양복쟁이가 정상일지도 모른다고 생각했다. 그러나 아니었다. 결정적으로 행동이 느렸고 조금씩 밝아오는 아침 해를 받고 빛나는 눈빛이 붉었기 때문이다. 아이는 슬슬 지겨워졌다. 신나게 놀아 볼 생각이었지만 한 시간 넘게 이 짓을 하고 있자니 기운이 다 빠졌다. 한 놈만 더 박살

내고 나면 안전한 교실을 하나 찾아 들어가서 한숨 잘 참이다. 잘 잠그기만 하면 이런 멍청한 녀석들은 창문을 깰 생각도 못 하리라.

아이는 다시 달려들어 몽둥이를 휘둘렀다. 이번에는 확실해 보였다. 살짝 고개를 피하는 모습을 똑똑히 보았다. 어깨를 맞았으면서도 전혀 고통스러워 하지 않았다. 아이는 당황했다. 순간 다른 감염된 아이가 다가오는 것이 보였다. 일단 이 양복쟁이를 발로 차서 넘어뜨리고 다른 아이부터 상대하는 것이 좋겠다고 판단했다. 다른 감염된 아이들을 넘어뜨렸듯이 양복쟁이의 가슴에 발을 대고 힘껏 밀었다. 그런데 양복쟁이는 다른 감염자보다 균형감각도 좋고 빨랐다. 양복쟁이에게 발을 잡혔다.

아이는 당황했다. 발을 뿌리치려 했지만 양복쟁이는 절대 놓지 않았다. 옆에서 다가오던 다른 감염된 아이가 팔을 잡았다. 그러곤 막무가내로 팔을 물었다.

"아악, 씹할 나 물렸어!"

아이가 소리를 질렀다. 다리를 잡힌 아이는 넘어져 버렸다. 한쪽 팔은 감염된 아이가 잡고 이를 박아 넣고 있었다.

＊ ＊ ＊

현재는 다시 눈을 깜박였다. 번개가 치듯 분노가 휩쓸고 지나갔다. 이 아이를 먹어야 한다. 그래야 이 갈증도 풀리고 모든 것이 끝날 것이다. 현재는 아무 곳이나 물지 않았다. 소리를 지르고 있는 아이의 목을 정확하게 물었다. 아이는 더 이상 소리를 지르지 못했다. 의식이 꺼져 가는 것이 느껴졌다.

아이의 생명이 남아 있다면 또 하나의 숙주가 될 것이다. 하지만 현재는 그것을 허용하지 않았다. 현재의 이성이 그것을 허용하지 않은 것은 아니다. 현재에게는 이성이라고 할 것이 거의 없었다. 그러나 원시적인 분노가 이 아이가 영원히 잠들기를 원했다. 그저 아이는 갈증 해소를 위한 도구일 뿐이니 더 이상 같은 종으로 남기고 싶지 않았다. 좀 더 많은 숙주에게 자신의 알을 남기려는 기생충의 명령을 현재의 본능이 거부했다. 이 아이의 생명이 없어져서 심장이 뜨거운 피를 올려보내지 못할 때까지 피를 빨고 싶었다. 모든 것을 독차지하고 싶었다. 현재의 마음은 냄새가 되었고, 그 악의의 냄새는 심상이 돼 감염된 아이들에게 퍼져나갔다.

주위에 있던 감염된 아이들이 현재 주위로 모였다. 팔에 이를 박아 넣던 아이도 비척대며 자리에서 일어났다. 몇몇 감염된 아이가 현재 주위에 모여서 벽을 이뤘다. 벽을 이룬 아이들은 주변으로 또 다른 심상을 내뿜었다. 벽 주위로 또 다른 아이들이 벽을 쌓았다.

이 돌연변이와 같은 기생충은 이제 페로몬 사용법을 알았고 집단이라는 개념도 알았다. 생존에 유리하게 바뀌는 것, 즉 작은 진화가 시작됐다.

현재가 처음 퍼트린 심상의 냄새는 아이들의 머릿속으로 파고들어 갔다. 감염된 아이들은 현재가 느긋하게 식사하도록 둘러싸고 보호했다.

마치 여왕개미를 보호하듯이…….

1989년 7월 30일(일요일) 05:00

"조금만 빨리 걷자, 상훈아."

다섯 시. 여름의 아침은 참으로 빨리 시작된다. 아직 별이 보이지만 하늘은 새벽 색깔이 되었다.

상훈은 석영의 말에 따라 발걸음을 옮겼다. 상훈의 얼굴은 매우 푸석해 보였다. 아이컨택이 되었기에 석영의 말을 듣고 있지만 그의 몸속에서도 피에 대한 갈망이 지속되고 있으리라.

석영은 상훈의 상태가 걱정이었다. 걸음걸이는 처음에 비해 많이 느려졌다. 목에서 나는 그륵거리는 소리는 듣기 거슬렸다. 어쨌든 실험일지에 적혀 있는 약을 구하려면 가까운 약국을 찾아야 한다. 엉망진창인 화학과 생물 실력으로 상훈의 아버지가 만들어 놓은 실험일지를 해석해서 약을 만들어야 하는 건 석영의 몫이 됐다. '이럴 줄 알았으면 물리와 지구과학 대신 화학하고 생물을 공부했을 텐데.' 하지만 지금 그런 후회를 할 때가 아니다. 지금은 용기를 잃지 않는 게 더 중요하다. 지금 포기해 버리면 자신을 믿고 학교에 남아 준 친구를 포기하는 것이다. 친구와의 약속을 지키려면 모든 것을 잊고 오로지 목표만 향해 가야 한다.

안면도는 꽤 큰 섬인데다 새벽이라 차도 다니지 않았다. 그래도 무작정 걸어갈 수밖에 없었다. 도로 표지판을 보고 바닷가 쪽으로 방향을 잡았다. 아무래도 바닷가 쪽에 사람이 많이 살고 있을 것이다.

1989년 7월 30일(일요일) 06:30

세상이 눈을 뜨기 시작했다. 그렇게 어둠 속에서 일어난 모든 일이 함께 물러가면 좋으련만, 오히려 생생한 현실이 되었다.

석영은 작은 항구에 도착했다. 벌써 많은 사람이 부산하게 움직였다. 석영은 사람들 눈에 띄는 것을 바라지 않았다. 일단 상훈을 나무가 우거진 작은 동산 속에 숨겨 두었다.

"여기서 기다려. 움직이지 말고."

상훈은 대답이 없었다. 무척 수척했다. 상훈이를 위해서라도 더 이상 시간을 끌면 안 된다.

석영은 작은 배에서 삭구를 감고 있는 어부에게 다가갔다.

"안녕하세요. 전 서울에서 놀러 온 학생인데요. 이 근처에 약국이 있을까요?"

어부 아저씨는 사람 좋은 웃음을 흘리며 대답했다.

"저쪽으로 가면 약국이 하나 있는데 문은 아직 안 열었을 것 같은데, 왜 무슨 약이 필요해? 배에 배탈약이나 그런 건 좀 있는데."

"아니 괜찮습니다. 있다가 문 열면 가보죠, 뭐. 저는 그럼 부모님한테 가 보겠습니다."

석영은 인사를 꾸벅했다.

이렇게 예의 바르게 행동한 적도 별로 없는 듯하다. 일부러 부모님에게 가겠다는 말도 했다. 아주 평범하게 보여야 했다. 그 약국을 털어야 하기 때문이다.

석영은 상훈이 있는 곳으로 돌아갔다. 그런데 상훈은 구부정하게 쭈그리고 앉아 있었다. 석영은 섬뜩함을 느꼈다. 아무래도 기분이 좋지 않았다.

석영은 상훈의 앞으로 돌아갔다. 상훈은 두 손에 작은 털 뭉치 같은 것을 들고 있었다. 이미 털 뭉치는 피에 젖어 있었다. 작은 강아지다. 아마도 동네에서 돌아다니며 크는 개일 것이다. 그래서 사람에게 적대감을 보이지 않고 상훈의 곁으로 다가왔을 것이다. 강아지는 죽었는지 살았는지 모르겠지만 눈을 감고 있었다. 상훈은 옆구리 상처에 입을 대고 쪽 하는 소리가 나도록 빨았다.

소름이 끼치고 욕지기가 나왔다. 학교를 빠져나온 다음부터 계속 비현실적인 느낌이 많이 들었는데 지금 눈앞에서 일어난 일은 정말로, 너무나 현실이었다. 그 감각이 워낙 날카로워 온몸을 찔러 댔다.

"그만! 그만해!"

상훈은 동작을 멈췄다. 아직 자신의 말을 따르는 것이 그나마 다행이었다. 만약 상훈이 말을 듣지 않는다면 어떻게 해야 할지 몰랐다.

"그대로 내려놔. 조금만 참아. 조금만."

긴장한 탓인지 눈물이 났다. 상훈은 축 늘어진 강아지를 바닥에 내려놨다.

"그래 잘했어."

석영은 상훈이 알지 모르지만 칭찬을 해 줬다. 그리고 주변의 낙엽과 풀잎을 모아 강아지를 덮어 주었다. 풀잎으로 상훈의 입도 닦아 주었다. 입 주변의 피는 마른 풀로는 잘 닦이지 않았다. 대충 눈에 띄는 핏자국만 닦고 상훈을 데리고 약국 쪽으로 방향을 잡았다.

그곳에서 실험일지에 적힌 약을 얻을 수 있어야 한다.

약국은 어부 아저씨의 말대로 그리 멀지 않은 곳에 있었
다. 나무로 살을 받친 문에 불투명한 유리가 붙어 있다. 약이
라고 쓰여 있는 간판은 멀리서도 알아볼 수 있도록 삐죽 튀
어나왔다. 뒤쪽에 가정집이 있는 모양이다. 아마도 간단한
걸쇠를 잠그고 깊이 잠들었겠지. 바닷가 쪽에는 사람이 왔다
갔다 했지만 약국이 있는 길 쪽으로는 별로 없었다. 그래도
유리를 깨고 들어갔다가는 바로 눈길을 끌 것이다.

석영은 주위를 둘러보았다. 더 환해지기 전에 약을 구해야
한다. 시골일수록, 바닷가일수록 새벽에 할 일이 많다. 조금
더 지나면 도시의 한낮만큼 사람이 많아질 것이다. 미닫이
문 사이로 작은 틈이 보였다. 중간쯤에 걸쇠가 걸려 있는 듯
했다. 철사 같은 것이 있었으면 좋겠다고 생각했다. 하지만
눈에 보이는 곳에는 마땅한 게 없었다. 석영은 허리띠를 풀
었다. 버클의 물림쇠 부분이 틈으로 들어갈 것 같았다. 판단
은 옳았다. 물림쇠를 틈에 넣고 위로 몇 번 딸깍거리자 걸쇠
가 벗겨지는 느낌이 들었다. 최대한 조심해서 문을 열었다.
하지만 오래된 문짝과 유리의 떨리는 음이 천둥 치는 소리보
다 더 컸다. 오토바이 사건 이후로 다시는 남의 물건에 손대
지 말자고 다짐했는데 결국 이렇게 됐다.

드르륵!

한동안 꼼짝할 수 없었다. 금방이라도 안에서 누군가 튀어

나올 것만 같았다. 약국 안은 어둡고 조용했다. 뒤쪽에는 안채로 들어갈 수 있는 작은 문이 있었다. 약을 올려놓은 선반은 간소했다. 석영도 익히 알고 있는 약들이 몇 개 있었다.

다시 문을 닫았다. 또다시 드르륵 하는 소리가 났다. 문이 닫히자 더욱 어두워졌다. 천장에는 손으로 당겨서 켜는 스위치가 달린 형광등이 있었지만 불을 켜는 것은 위험했다. 불투명한 창문으로 들어오는 빛만으로 약을 찾아야 한다. 실험일지에는 약의 이름이 아니라 원료명이 적혀 있기 때문에 약을 하나하나 살펴봐야 한다.

염산옥시테트라사이클린, 황산플리믹신, 염산벤잘코늄……. 도대체 알 수 없는 단어들만 나열돼 있는 이 약 중에 필요한 약이 있기나 할까 의심이 들었다. 하나의 약을 확인하는 데도 꽤 시간이 오래 걸렸다. 일단 기생충이라고 들었기 때문에 구충제 위주로 찾아보기로 했다.

선반 위쪽에 이름을 많이 들어 본 구충제가 있었다. 석영이 손을 들어 구충제 박스를 꺼내려는데 옆에 있던 다른 박스가 팔꿈치에 부딪혔다. 양철 박스가 바닥으로 떨어지면서 심장을 찢을 듯한 소리를 냈다. 숨이 가빠지고 땀이 눈앞을 가렸다.

꼼짝도 않고 서 있었다. 문을 열 때도 인기척이 없었기 때문에 이번에도 아무도 듣지 못했기만을 바랐다. 상훈이 안쪽으로 통하는 문 쪽에서 무슨 냄새가 난다는 듯 킁킁거렸다. 순간 문이 활짝 열렸다. 사십 대 후반으로 보이는 아주머니였다. 순간 석영과 눈이 마주쳤다. 이런 일을 처음 겪으셨는지 당황한 눈치였다. 석영도 어찌할 바를 몰랐다. 왜 매번 들킬까, 하는 억울한 생각이 잠시 스쳤다. 그 잠시의 침묵이 끝나고 예상했던 일이 벌어졌다.

"사람 살……."

석영은 무의식중에 아주머니의 입을 막았다. 그러자 상훈이 달려들었다. 상훈은 아주머니의 팔을 잡고 물기 직전까지 갔다. 석영이 다급하게 외쳤다.

"멈춰! 안 돼!"

상훈은 멈칫거렸다.

"구석에 가서 서 있어."

상훈은 구석에 가서 예의 멍한 표정으로 가만히 지켜보았다. 석영은 상훈의 눈에서 갈증을 느꼈다.

"미안해요. 소리 안 지르신다면 놓아 드릴게요."

아주머니는 공포에 질렸는지 조용히 고개를 끄덕였다. 석영은 조심스럽게 손을 뗐다. 아주머니는 약속을 지켰다. 소리를 지르지는 않았다.

"선생님, 저희는 아무것도 훔치거나 하지 않았어요. 그냥 약이 좀 필요해요. 도와주신다면 조용히 물러갈게요."

"전 약사가 아니에요. 우리 바깥양반이 약사인데 지금 서울에 일이 있어서 올라갔어요. 학생, 조용히 있을 테니까 그냥 나가 주면 안 돼요? 필요한 약은 줄게요."

석영은 당혹스러웠다. 이대로 가도 될지 생각해 보았다. 그냥 갔다가 신고라도 하면 도둑으로 몰릴 처지다. 아주머니가 얼굴도 알 것이고, 뒤에 서 있는 상훈을 보면 누구라도 정상이 아니란 걸 눈치챌 것이다. 상훈에게 아주머니를 물라고 시킬까? 아이컨택을 하고 해독제를 만들고 다시 치료해 주면 그동안 일어난 일은 모를 텐데. 그리고 치료가 되고 나서도 아이컨택이 되었던 사람의 말을 따르려는 경향이 있다고 했으니까 신고를 안 할 가능성이 높은데…….

석영은 자신의 생각에서 끔찍함을 읽고 고개를 저었다. 지금 자신의 태도가 바로 이 약을 어른들에게 빼앗기면 안 되는 이유다. 안 될 행동이고 생각이었다.

"아주머니, 이 성분을 보시고 맞는 약이 있으면 좀 챙겨 주세요."

석영은 아주머니를 믿기로 했다. 실험일지에서 밑줄이 쳐져 있는 부분을 보여주었다. 아주머니는 긴장한 눈으로 자세히 살펴보았다.

"약 이름을 말하면 줄 수 있는데, 지금 아저씨가 없어서 이렇게 하면 줄 수가 없어요. 미안해요, 학생."

아주머니는 정말로 미안하다는 듯이 말했다. 사실 도둑에게 미안할 것이 뭐가 있겠는가? 이렇게 줄 수 없다는 것 하나만으로도 미안함을 느끼는 것이 사람 아니던가? 이런 사람들을 지배하려고 이런 미친 약을 만들 필요가 있었다는 말인가? 갑자기 상훈에 대한 원망이 다시 살아났다. 친구들을 자신의 뜻대로 하려 한 단순한 실험이라고? 뭣하러? 왜?

"정말 미안합니다, 아주머니. 저희가 여기 왔던 것은 모른 척해 주세요. 정말 저 친구가 말할 수 없는 병에 걸려서, 급하게 약을 구하러 왔었습니다. 괜히 알려지면 저나, 저 친구나 너무 곤란해집니다. 정말 죄송합니다. 우린 그만 가 봐도 되겠지요?"

아주머니는 한동안 상훈을 쳐다보았다. 상훈은 구석에서 초점 없는 눈을 한 채 작은 소리로 그르럭거렸다.

"미안한데 저 학생, 무슨 약물 중독이거나, 농약을 마셨거나 그런 건 아니겠지? 걱정이 돼서 그래요. 내가 구급차를 불러줄 테니까 여기서 기다릴래요?"

석영은 다급해졌다. 석영은 두 손을 모으고 말했다.

"아니에요. 안 돼요. 부탁드릴게요. 다른 사람에게 알려서는 안 되는 병이에요. 아주머니에게 피해는 전혀 없을 거예요. 그냥 모른 척만 해 주세요."

아주머니는 골똘히 생각하는 듯했다. 그러더니 약품 상자

앞에 있는 메모지에 뭔가를 적기 시작했다.

"이 쪽지 가지고 안면읍에 있는 이익수라는 의원을 찾아가 봐요. 그 의사 선생님이 인품 좋기로 아주 유명해요. 나와도 잘 알고 지내는 사이니까 무료로 해 주실 거예요. 여기 우리 집 전화번호도 적혀 있으니까 필요하면 꼭 전화하고요. 무슨 병인지 몰라도 꼭 치료 잘하도록 해요."

아주머니는 손에 쪽지를 쥐어 주셨다. 석영에게 오늘 하루는 길었다. 이 아주머니에게 안겨 울고 싶은 마음이 굴뚝같았다. 그러나 그럴 수 없었다. 울음이 터질 것 같아서 고맙다고 얼버무리고 상훈을 데리고 약국을 나섰다.

"잠깐, 학생들 나 좀 볼까?"

경찰관 두 명이 서 있었다. 석영은 달아날까 생각했지만 상훈을 여기에 두고 달아날 수는 없었다.

"뭐 좀 물어볼 게 있으니까, 파출소까지 같이 가지?"

낡은 경찰차가 앞에 서 있었다. 석영은 순순히 경찰차에 올라탔다. 다른 경찰이 아주머니에게 뭔가 묻고 있었다. 아주머니는 뭔가를 계속 설명했으나 차 안까지 들리지는 않았다. 그리고 약국 가는 길을 알려준 어부 아저씨의 얼굴이 보였다.

경찰차가 출발했다.

* * *

이름 모를 어부 아저씨는 생각했다. 요즘 대학생들도 북(北)에 들어가서 떠들어 대는 세상인데 어린 애들라고 북에서 못 내려올까?

15.
사실이 소설처럼 보일 때

When fact is fiction and TV reality

1989년 7월 30일(일요일) 07:30

"유선아!"

"응, 현웅아."

"아, 지친다. 이 많은 아이들을 어떻게 해야 하지? 움직이지 않으면 잡힐 것 같아서 계속 움직이고는 있는데 말이야."

"나도 마찬가지야. 좋은 건지 나쁜 건지 총걸이 애들이 두드려 패서 하나씩 묶어 놓고 있어. 그래서 수가 좀 줄어들기는 했는데, 애들 다칠까 봐 걱정이네."

유선과 현웅은 운동장 가운데서 만났다. 감염된 아이들은 멀리 떼어 놓고 도망 와도 귀신같이 쫓아왔다. 감염된 아이들은 눈이 아니라 코로 감지하는 것 같았다. 멀리서도 냄새를 맡으면 쫓아왔다. 유선은 학교가 산속에 있는 것이 다행이라고 생각했다. 가장 가까운 냄새가 학교 안에서 나기 때문에 밖으로 나가려 하지는 않는다고 추측했다. 그런데 만약 다들 감염되고 나면 밖으로 나가려 하려나?

"에이, 저기 또 한 명 다가오네. 내가 가서 처리하고 올게."

감염된 아이 하나가 비척거리며 다가오고 있었다. 현웅은 달려가더니 예의 그 날아차기를 했다. 가슴을 맞은 아이는 뒤로 넘어졌다. 넘어진 아이는 거북이가 뒤집힌 것처럼 자세를 잘 잡지 못했다. 아이들은 전반적으로 더 느려졌다. 상훈이나 석영이가 있으면 이유를 설명해 줬겠지만 유선이 가진 정보로는 아이들이 더 느려진 이유를 알 수 없었다. 감염된 시간이 길어져서 그렇다고 추측만 할 뿐이었다.

현웅은 넘어진 아이의 상의를 익숙한 솜씨로 위로 걷어 올렸다. 그러고는 그 옷을 이용해서 아이의 얼굴을 감싸고 손을 묶었다. 유선은 며칠 전에 텔레비전에서 본 악어 사냥꾼의 모습을 떠올렸다. 계속 물려고 드는 악어 근처에서 적당한 거리를 유지하다가 결국 입에 재갈을 물리는 악어 사냥꾼의 모습 그대로였다.

현웅이 다시 달려왔다.

"뭔가 익숙해 보이는데?" 유선이 말했다.

"그러게, 나도 모르게 익숙해지더라고, 사람이라는 동물은 닥치면 뭐든지 적응하는 모양이야. 그나저나 석영이는 어떻게 됐을까? 소식이라도 들으면 희망이 좀 생길 텐데 말이야."

"그래 희망……."

희망이란 말이 추상적이 아니라 구체적인 뜻으로 들린 것은 처음이었다.

"아, 또 나가려고 하네."

현웅이 지쳤다는 듯 말하더니 정문 쪽으로 달려갔다. 몇 아이들이 정문 걸쇠를 풀려 하고 있었다. 열쇠도 없이 그 두꺼운 걸쇠를 풀거나 부러뜨리는 것은 불가능하다. 감염된 아이들은 나가려 하지 않는다. 아직 감염되지 않은 아이들만 밖으로 나가려고 시도한다. 교실에 몇 명씩 숨어 있던 아이들이 틈을 타서 밖으로 빠져나온 것이다. 하지만 이 아이들 모두 정상이라고 단정할 수는 없었다. 나오는 도중에 감염된 아이에게 잡혀서 상처를 입은 아이도 있었고 멀쩡해 보이는 아이도 있었다. 그러나 어느 누구도 내보내 줄 수 없었고 내보내 줄 방법도 없었다.

현웅은 절대 아이들이 정문에 접근하도록 두지 않았다. 몸싸움도 벌였다. 현웅은 정문을 지키는 일에 목숨을 건 것 같았다. 항상 몸싸움이 끝나기도 전에 감염된 아이들이 다가왔다. 정상적인 아이들은 감염된 아이들이 다가오면 현웅에게 욕을 퍼부으며 다시 교실 쪽이나 안 보이는 곳으로 흩어졌다.

현웅이 돌아왔다. 자세히 보니 현웅의 얼굴과 몸에는 생채기가 많았다.

"감염 안 된 애들을 상대하는 게 더 힘들어. 웬만하면 싸움에서 지지 않는데 말이야. 이제 지쳐가고 있거든."

"얼마나 버틸까?" 유선이 물어보았다. "애들의 이성은?"

현웅이 모르겠다고 표정으로 말했다. 유선이 말을 이었다.

"애들이 더 얼마나 버틸까? 지금은 의무감에 안 나가는 애들도 있고, 네가 막아서 못 나가는 애들도 있고, 어딘가에 꼭꼭 숨어서 떨고 있는 애들도 있을 거야. 그런데 우리를 포함해 이성이 무너져 내리는 시점이 언제일까? 아마도 어느 시점이 지나면 희망을 버리고 모든 애들이 밖으로 뛰어나가려 할 거야. 우리가 계단을 만들어서 문을 뛰어넘으려 했듯이 아이들도 분명히 그런 시도를 하고야 말 거야. 이 안에 남아 있어야 할 이유를 모르니까. 지금 우리는 살얼음 위를 걷고 있는 거야. 그 얼음이 부서지는 순간 우리 손으로 저 정문을 어떻게든 열어 버리겠지. 한두 명으로는 부족하겠지만 수십 명만 연합해도 저 문을 열거나 나갈 방법을 찾지 않을까?"

1989년 7월 30일(일요일) 07:42

현웅은 아무 말도 하지 못했다. 나중은 생각하고 싶지 않았다. 사실 현웅도 밖으로 나가고 싶은 순간이 없었던 것은 아니다. 그러나 아직 희망이 있고, 어른들에게 이 약을 넘겨 줘서는 안 된다는 목표가 있고, 또 친구들을 지켜야 한다는 의무가 있었다. 오로지 그것만 생각하기로 했다. 희망을 저 버리는 말은 철저히 무시하기로 했다. 자신의 가장 큰 장점 은 목표를 향해 무식하게 돌진하는 것이라고 스스로 독려했 다. 문에만 집중했다.

"유선아, 그러면 절대로 아이들이 정문으로 다가오지 못하 게 지킬 수 있는 사람들에게 부탁하자."

"누구? 진행요원?"

"아니, 진행요원들은 창고로 도망가 버렸어. 창고 앞에도 감염된 아이들 몇 명이 계속 서성이고는 있는데 어떻게 들어 가야 할지 모르나 봐."

"그러면 누구?"

"아이컨택에 성공한 감염된 우리 편 아이들."

"그 아이들은 도구가 아니야. 위험하다고." 유선은 놀란 듯했다.

"지금 토론할 시간 없어. 그 아이들이 지키고 있으면 충걸 이 패거리 빼고 정상적인 아이들은 접근하지 않을 거야. 그

181

리고 어차피 감염된 아이들은 서로 관심도 없는 것 같고. 그러니까 안전할 거야. 그 아이들도 우리를 돕는 거라고."

유선은 잠시 생각하더니 말했다. "지금은 네 방식이 맞다는 것은 알겠지만 내 생각과는 다르니까 찬성이라고는 말하지 못하겠어."

"엄청나게 복잡하구나. 어쨌든 내 맘대로 한다. 너도 도와줘야 해."

현웅은 교실 쪽으로 뛰어갔다. 아이컨택된 아이들은 한 교실에 있었다. 1층에는 아이들이 별로 안 보였다. 아이컨택된 아이들이 있는 2층까지 왔는데도 아이들이 그리 많지 않았다. 이상했다. 그동안 정신이 없어서 눈여겨보지 않았는데 운동장에서 돌아다니고 있는 아이는 감염되지 않은 아이들까지 다 합해도 천 명에는 턱없이 부족해 보였다. 모두 어디 모여 있는 것일까?

유선과 현웅이 2층에 도착하자, 3층 계단 쪽에서 감염된 아이들이 몇 명 내려왔다.

"유선아, 저 아이들은 내가 처리할 테니까, 네가 아이들을 밖으로 데리고 나가라."

"알았어."

현웅은 3층에서 내려오는 아이들을 상대하려고 계단 쪽으로 달려갔다. 일단 가장 앞에 내려온 아이를 발로 차서 넘어뜨렸다. 아이는 뒤뚱거리며 뒤에 오는 아이에 걸려 함께 넘어졌다. 두 아이가 넘어지면서 계단에서 내려오는 길을 막았다. 동작도 느려지고 균형감각도 떨어진 아이들에게 계단에서 넘어지는 것은 재앙이었다. 마치 도미노처럼 뒤에서 오는 아이들이 앞에 넘어진 아이에게 걸려 넘어졌고, 그에 따라 장벽이 계속 쌓였다.

3층에 잔뜩 모여 있던 아이들은 현웅의 냄새를 맡자 앞에 아이들이 넘어지든 말든 계속 내려왔다. 밑의 아이가 압사할지도 모르는 상황이었다. 그러나 아래에 깔린 아이를 빼내줄 수도 없었다. 계속해서 몰려 내려오는 아이들을 보니 더는 시간을 끌 수 없었다.

"유선아, 빨리. 빨리 데리고 나가야 해!"

현웅은 달려오며 소리를 질렀다. 운동장과는 달리 이렇게 좁은 곳에서 길이 막혀 버리면 끝장이었다.

"여기서 내 말을 듣는 애들은 저 둘밖에 없어."

현웅이 아이컨택한 아이까지 합해서 세 명이 전부였다. 나머지는 석영이나 다른 아이들이 아이컨택을 한 상태라 현웅과 유선의 말을 듣지 않았다. 유선은 밖으로 같이 나가자고 다른 사람이 아이컨택한 아이들에게도 사정했으나 전혀 듣지 않았다. 오히려 불안한 모습이었다. 처음 아이컨택이 되었을 때는 멍해 보이는 정도였으나 지금은 매우 불안정했다.

보살펴 주던 주인이 사라진 강아지나 고양이가 딱 저런 모습일 것이다.

"미안해, 미안해. 꼭 구해 줄게."

유선이 한 여자아이의 손을 붙잡고 이야기했다. 여자아이는 유선의 손을 무심히 쳐다보았다. 현웅은 저러다가 물지나 않을까 걱정했다. 여자아이는 어떤 마음이었는지, 아니 그저 무의식이었는지 유선의 손 위에 살짝 손을 얹었다. 유선은 깜짝 놀라 아이의 얼굴을 쳐다보았으나 아무 반응이 없었다.

현웅과 유선은 아이컨택된 아이들에게 계단을 따라 내려오라고 말하고 자신들은 먼저 뛰어나갔다.

3층으로 올라가는 계단 앞의 아비규환을 뚫고 나온 몇 명이 비척거리며 다가왔다. 현웅이 아이의 가슴에 몽둥이를 대고 밀고 나아갔다. 아이는 현웅에게 밀려 뒷걸음쳤다. 그리고 뒤쪽에 있던 다른 아이와 부딪쳤다. 현웅은 두 아이를 모두 밀고 나아갔다. 거기까지가 한계였다. 뒤에 있는 또 다른 감염된 아이가 앞의 두 아이까지 받쳐 주었다. 세 명을 밀고 나가기는 무리였다. 감염된 아이는 계속 늘어날 것이다. 3층으로 올라가는 계단과 1층으로 내려가는 계단은 하나로 연결돼 있기 때문에 이 아이들의 벽을 뚫지 않으면 안 된다.

"빨리 넘어지라고!"

현웅이 소리를 질렀다. 넘어지지 않으면 때릴 수밖에 없다. 그건 감염된 아이나 현웅 모두에게 위험했다. 좁은 곳이라서 둘러싸일 수도 있었다. 빨리 넘어뜨리고 재빨리 피하는 편이 가장 나았다.

"현웅아, 이쪽으로!"

유선의 목소리가 들렸다. 유선이 반대편 복도 끝에 나 있는 창문 앞에서 불렀다. 현웅은 아이들과 벌이는 힘겨루기를 그만두고 재빨리 유선이 있는 쪽으로 달려갔다. 창문 밖에는 낡은 철제 사다리가 있었다. 소방용으로 만들어진 것 같은데 그동안 사용하지 않아서 금방 부서질 것만 같았지만 딴 방법이 없었다. 유선이 재빨리 몸을 창문 밖으로 빼내 사다리에 매달렸다.

유선이 내려가고 나서 현웅이 사다리에 올라섰다. 끼익 하는 소리가 들렸다. 그리고 벽과 사다리를 연결하는 부분이 분리됐다. 유선과 현웅은 그대로 건물 옆 바닥에 내동댕이쳐졌다. 유선은 1층까지 거의 다 내려온 상태라 큰 충격은 받지 않았지만 현웅은 등이 뻐근했다. 숨을 크게 쉬려고 하자 가슴이 턱 막히는 느낌이 들었다. 하지만 누워 있을 시간이 없다. 아프지 않다고 생각하며 다리에 힘을 주고 벌떡 일어났다.

"넌 무슨 철인이냐?"

유선이 놀라서 말했다. 아프지 않을 리 없었다. 현웅은 팔

벌려뛰기를 반복하며 아픔을 잊으려고 했다. 그런데 왼팔이 잘 올라가지 않았다.

"아무래도 팔을 조금 다친 모양인데."

현웅은 씩 하고 웃었다. 지금 몸까지 망가지면 큰일이다. 옆에 떨어진 대걸레 몽둥이를 다시 손에 쥐었다. 그때 무언가가 보였다. 현웅은 손가락을 옥상 쪽으로 뻗었다.

유선은 현웅의 손가락을 따라 위를 쳐다보았다.

아이들이 옥상에 빽빽이 모여 있었다. 감염되지 않은 아이 중에 밖으로 도망 나오지 못한 아이들은 모두 옥상으로 올라간 모양이다. 그래서 감염된 아이들이 3층과 4층으로 몰려간 것이다.

현웅과 유선도 해독제를 가지고 올 때까지 옥상에서 버티는 쪽이 안전하리라고 생각했다. 옥상은 입구만 잘 막고 있으면 감염된 아이들이 올라올 방법이 없었다.

현웅이 옥상을 향해 소리쳤다. "내 말 들리니? 거긴 안전해?"

누군가 대답했다. "지금은 괜찮아! 옥상으로 올라오는 문을 막아놨어. 간혹 누가 두드리기는 하는데 이상한 애들일까 봐 못 열어 주겠어. 이게 무슨 일인지 알아? 여기 있는 애들은 아무것도 몰라, 겁나 죽겠어."

보통 옥상문은 건물 안쪽에서 잠그게 돼 있으니까 뭔가로 막아 놓은 모양이었다.

"알았어. 내가 사람 데리고 올라갈게. 기다려! 거기 무슨 줄 같은 건 없냐? 문으로는 못 가겠고 줄 같은 것 타고 올라 가야 할 것 같은데?"

"여기 소방 호수 같은 게 있어. 거기까지 닿을 것 같으니까 던져 줄게 잡고 올라와!"

"알았어! 사람들 불러올게. 좀 기다려."

일단 옥상으로 올라가기로 했다. 운동장을 뛰어다니고 있 는 같은 조원을 불러 모았다. 몇 명은 사라지고 열 명도 채 안 남았다. 현웅은 제발 조원들이 눈에 안 띄는 곳에 피해 있 기를 바랐다.

1층 계단 앞에서 아이컨택된 아이들 세 명도 찾았다. 세 명에게 정문을 지켜달라고 부탁했다. 세 명은 멍한 표정이었 지만 방향을 가리키니 그쪽으로 갔다. 현웅은 진행요원이 숨 어 있던 창고로 가 보았다. 창고 앞에서 얼쩡거리던 감염된 아이들이 보이지 않았다. 현웅은 창고 문을 두드렸다.

"저예요. 현웅이라고 합니다. 문 좀 열어주세요."

대답이 없었다. 누군가 철문을 긁었다. 현웅은 귀를 대보 았다. 특유의 그르럭대는 소리가 들렸다. 현웅은 다리를 물 린 진행요원도 창고로 같이 도망갔다는 사실이 떠올랐다. 밀 실에 스스로 갇힌 사람들 사이에서 무슨 일이 일어났을지 짐작할 수 있었다.

현웅은 그 자리를 벗어났다.

1989년 7월 30일(일요일) 07:40

현재는 자신의 의지가 퍼져 나가는 것을 느낄 수 있었다.
페로몬으로 대화를 나누는 곤충처럼 의지는 바람에 실려 다
른 감염자에게 전달됐다.

감염된 자들은 각각 객체가 아니라 전체가 되었고 다시 하
나가 됐다. 보좌관 주위로 감염된 아이들이 모였다. 아무 말
도 없었지만 현재에게 충성을 맹세한다는 뜻은 서로의 냄새
를 통해 확실히 전달됐다.

로열젤리를 먹은 벌이 여왕벌이 되듯 현재의 머릿속에 들
어 있는 기생충은 현재라는 숙주와 어떤 면이 맞는지 몰라
도 왕이 됐다. 왕에게 신하는 음식과 편의를 바쳐야 한다.

현재는 그토록 바라던 권력을 벌레의 힘을 빌려 드디어 손
에 넣었다. 다만 인간으로서의 현재는 그 사실을 알지도 못
하는, 걸어 다니는 숙주일 뿐이었다.

16.
오늘 모두 울겠지
Today the millions cry

1989년 7월 30일(일요일) 07:30

"너희 무슨 약 하는 거지?"

상훈의 상태를 보고 약물 중독이라고 생각하는 모양이었다. 조그만 동네 파출소에 오래간만에 활기가 넘쳤다. 인심 좋은 바닷가 마을이라 그동안 사건이라곤 없었다. 바다에서 일어난 일은 해양경찰대 관할이라서 간혹 주민들하고 인사나 나누고 오면 경찰의 할 일이 끝나는 마을이다. 그런데 서울에서 올라온 두 아이가 아침부터 약국을 털었고 한 아이는 말도 제대로 못 하고 멍한 얼굴로 앉아 있었다. 할 일이 생긴 젊은 경찰은 신이 났다.

"응? 무슨 약이야? 약국에서 구할 수 있는 거야? 본드는 아니겠지?"

"아니에요. 우리 아무것도 훔친 게 없으니 그냥 보내 주세요."

경찰은 싱글싱글 웃으며 파일로 석영의 머리를 툭툭 건드렸다.

"보내 줄 테니까 보호자 이름하고 전화번호 대라니까."

집에 연락할 수는 없었다. 지금 상황을 믿어 줄 리 없으니까.

"그 공책 이리 가져와 봐."

경찰은 손에 들고 있던 상훈의 실험일지를 달라고 했다. 이것도 보여줄 수 없었다. 내용을 봐도 무엇인지 모르겠지만 혹시라도 내용을 알게 되면 모든 일은 끝장이다.

"이건 그냥 일기장이에요. 왜 일기장을 봐요?"

"일기장? 재미있겠네. 요즘 고등학생은 어떻게 지내냐? 교복도 없어졌으니 대학생인 척하고 여자 따먹고 그러냐?"

젊은 경찰의 말은 듣고 있기 힘들었다. 작은 마을에서 경찰 노릇을 하면서 그 권력이 실제로 자신의 것인 양 여기며 살아온 모양이다.

경찰은 쉽게 보내 줄 생각이 없었다. 이 경찰에게 두 아이는 하루 즐겁게 데리고 놀 수 있는 장난감이었다.

석영은 결심해야 했다.

"그럼 집에 전화하겠습니다. 다만 저 혼자 통화하게 해 주세요."

"넌 뭘 믿고 전화 통화를 하게 해 주냐? 집이 서울이라며? 시외통화는 아주 비싼데 감당이 되겠어?"

"우리 부모님이 그렇게 생각 없으신 분이 아닙니다. 이런 바닷가 마을에서 고생하시는 경찰 여러분의 노고를 그냥 쉽게 넘기시지 않을 겁니다."

석영은 당당한 눈빛으로 젊은 경찰을 노려보았다. 그 말을 생각하는 눈치였다. 뭔가를 주겠다는 약속은 아니지만 대가를 바라게 만드는 말이었다. '드라마에서 들은 대사를 여기서 써먹다니.'

"그럼 간단하게 통화해."

경찰은 전화기를 주고 멀찍이 떨어져 앉았다.

석영은 천천히 전화기 다이얼을 돌렸다. 순간 아버지와 어머니를 떠올렸다. 아버지는 세상에 대한 불평불만이 많기는 하지만 평범한 분이시다. 어머니는 그런 아버지를 너그럽게 받아들이는 분이시다. 나한테까지 너그러울지는 알 수 없다. 믿어주실까? 아무튼 지금으로서는 방법이 없었다.

차라리 어머니가 받기를 바랐다.

하지만 전화기에서 아버지의 목소리가 들렸다. 오토바이에 이어 연속 안타다.

"아버지, 나 지금 안면도인데 문제가 좀 생겼어요."

191

"무슨 일이냐."

석영은 말소리를 줄였다. 경찰에게 거의 들리지 않을 정도로 속삭였다.

"아버지. 지금 캠프인데 애들이 다 병에 걸렸어요. 그런데 누구에게도 말할 수 없는 병이에요. 믿으실지 모르겠지만 이 병에 걸리면 다른 사람이 말하는 것을 그대로 따르게 돼요."

"무슨 소리인지 잘 모르겠구나. 좀 더 자세히 말해봐라."

"지금 자세히 말씀드릴 수 없어요. 전 지금 경찰에게 잡혀 있어요. 방포 파출소라고 해요. 그리고 확실한 것은 이 병은 사람이 만든 것이고, 누군가 이 병을 손에 넣는다면, 그리고 그 사람이 나쁜 사람들이라면 돌이킬 수 없는 일이 생길 거예요. 아버지가 매일 술 마시면 한탄하던 그런 일이 생길 거라고요. 무슨 뜻인지 알겠어요? 무슨 뜻인지 몰라도 상관없어요. 제가 드릴 부탁은 무조건 믿어달라는 거예요. 가능하시겠어요?"

"……."

아버지는 말이 없었다. 누구라도 말이 없을 상황이었지만 석영은 답답했다. 믿지 못하는 것인지, 아니면 믿을 수 없는 것인지. 석영은 계속 말했다.

"시간이 없어요. 시간이……. 오늘 저녁에 캠프가 폐막하면 기자들이 올 거예요. 국회의장이라는 사람도 올 거예요.

그러면 모두 끝장이에요."

"믿는다."

전화기 너머에서 아버지의 목소리가 흘러나왔다.

"믿는다고요? 이런 말도 안 되는 이야기를요?" 오히려 석영은 의심스러웠다.

"믿는다. 나도 네 나이 때 어른이 믿어 줬으면 하고 바랄 때가 있었다. 안면도라는 것도 그렇고 열여덟이라는 것도 그렇고 뭔가 운명 같다."

"아버지 술 드셨어요?"

말은 그렇게 했지만 믿는다는 얘기를 들으니 눈물이 나려 했다. 생각해 보니 어른이고 뭐고 다 소용없는 것이었다.

"그런데 한 가지만 물어보자. 왜 오토바이는 훔쳤니? 그 이유를 물어보지 않은 것이 가장 후회가 되었다."

석영은 솔직히 말하기로 했다.

"그냥 바람을 쐬고 싶었어요. 아무 생각이 없었어요. 그 오토바이는 항상 그 자리에서 서 있는 것이었고, 열쇠도 항상 의자 아래쪽에 숨겨 두는 걸 봤기에 잠깐 빌려서 타고 돌려주려 한 거예요."

"그랬구나. 잘한 짓은 아니지만 그럴 때도 있지. 그러니까 너도 어른을 좀 믿어라."

"아버지, 이제 끊어야 해요. 방포 파출소예요. 꼭 부탁해요. 꼭! 급해요."

"알았다. 거기로 사람을 보내 주마. 아마 깜짝 놀랄 만한 사람이 갈 거다. 기대해도 좋다."

그렇게 전화는 끊겼다.

1989년 7월 30일(일요일) 08:00

안면도의 방공레이더 기지는 오늘도 한가하다. 중대라고는 하지만 기관병과 장교, 하사관을 다 합해도 사십 명 정도밖에 안 되는 작은 부대다. 일반적으로 아침 점호는 일직사관이 취하지만 오늘은 일요일이라 특별히 부대장이 직접 점호를 취했다.

민태영 소령은 아침 점호를 마치고 중대장실에서 담배를 한 개비 꺼내 물었다. 소령 계급에 한적한 섬에서 병사 사십 명을 데리고 있는 보직을 맡고 있으니 말들이 많았다. 좌천이라고 말하는 이도 있었고 '땡보직'이라고 말하는 이도 있었다.

둘 다 맞는 말이다. 좌천됐다. 소령도 동기 중에 가장 늦게 달았다. 사관학교 출신이라 그나마 대위로 남겨둘 수 없어서 할 수 없이 소령으로 진급시켜 줬다는 게 주위의 평이었다. 중령은 못 달고 제대할 가능성이 높다. 생도 때만 해도 장성

급까지는 진급할 것이라고 자신했었다. 사관학교 출신이라는 자존심도 있었다. 하지만 사관학교 출신이라는 것이 오히려 민태영 소령의 발목을 잡았다. 출신과 기수 그리고 정치적 성향에 따라 파벌이 나뉘었다. 소령은 그저 군인이고만 싶었다. 그렇게 군인이기만 하면 될 줄 알았다. 어디에 어떻게 줄을 서면 되는지는 군인이 알 바가 아니었다.

사관학교 입학이 확정되었을 때 아버지는 동네잔치를 벌였다. 출세는 떼 놓은 당상이라고 했다. 현직 대통령이 군인 출신인데 무슨 문제가 있겠느냐는 생각이었다.

그 대통령이 죽고 다른 군인 대통령이 들어서자 줄서기는 더욱 노골적이 됐다. 민태영 소령은 대위 때 더 이상 군인이 정치에 관여하지 말자는 연판장을 돌렸다. 하지만 정치에 관여하고 있는 군인의 눈 밖에 나는 행동이었다. 장성급도 아닌 대위가 감히 그런 연판장을 돌린 것 자체가 즉시 퇴역감이었다.

사실을 알고 감싸준 몇 동료와 사회운동가가 없었다면 바로 전역해서 지금쯤 어느 산속에서 농사를 짓고 있을지도 모를 일이었다.

욕심을 버리니 이곳 안면도가 좋았다. 소령으로 예편하면 그만이다. 기업을 다녔다면 만년 과장 정도 하다가 퇴사하는 것과 비슷하다. 그때 일반전화가 울렸다.

"여보세요."

"잘 지내고 있나? 나라의 녹을 먹는 사람?"

"어, 석근이구나. 여전히 법관 눈치 보며 사무장 노릇 잘하고 있나?"

"배운 게 도둑질이라고 그냥 그렇게 사는 거지."

"이 아침에 무슨 일이야?"

"이십구 년 전의 빚을 좀 갚아 줬으면 해서."

1960년 4월 19일(화요일) 11:00

그날은 온 나라가 들썩거렸다. 민태영의 어머니는 집 밖으로 나가지 말라며 말리셨다. 열여덟 살의 태영은 곧고 바르며 불의를 보면 참지 못하는 성품이라는 평을 듣곤 했다. 나라에 큰일이 생겼는데 집에 얌전히 앉아 있을 수 없었다.

누군가 창문을 두드렸다. 골목 쪽에 나 있는 창문이라 친구들이 문을 열어 달라고 두드리는 경우가 종종 있었다.

창문 밖에는 그의 성격을 잘 알고 있는 또 한 명의 열혈 청년이 서 있었다. 지석근. 열여덟의 나이에 대학교 근처에서 볼셰비키 혁명 등의 금서를 구해 와서 몰래 읽는 아이다. 석근과 태영의 사상은 전혀 달랐다. 태영은 석근의 냉소적이고 사회 비판적인 태도가 마음에 들지 않았다. 잘못된 것만 나열하면서 이상적인 생각만 했다. 반면 태영은 강한 나라를 만들려면 군인이 되어야 한다고 일찍부터 마음을 먹고 있었다. 두 친구는 서로의 생각 차 때문에 말다툼하기 일쑤였다. 하지만 그날 일어나고 있는 사태에 대해서는 의견이 통했다. 자유당 정권은 부정한 정권이며 독재라는 것에 동의했다. 이런 정권하에서는 석근이 꿈꾸는 나라도, 태영이 꿈꾸는 나라도 만들 수 없다는 것이 의견을 같이하게 된 이유다. 며칠간 계속되는 시위에 그 둘은 까까머리를 하고 계속 참가했다.

그런데 전날인 4월 18일, 시위하던 학생이 깡패에게 두들겨 맞았다는 소문이 돌았다. 그래서 태영의 어머니는 집 밖으로 한 발자국도 나가지 말라는 엄명을 내렸다. 이전에도 많은 사상자가 나왔었으나 태영의 어머니는 설마 경찰이 학생을 그렇게 잔인하게 대하지는 않을 것이라 믿고 시위에 참가하는 것도 어느 정도 눈감아 주었다. 그런데 깡패 이야기가 나오자 더 이상 아들을 밖으로 내보내지 말아야겠다고 마음을 바꾼 것이다.

석근이 창문 밖에서 말했다.

"뭐해? 빨리 나오지 않고? 오늘은 경무대까지 가서 담판을 짓는다는데 가 봐야지."

"오늘은 어머니가 밖으로 한 발자국도 나가지 말라고 하신다. 어머니 속 터지는 걸 보고 싶지는 않다."

"오늘이 바로 그날이란 말이다. 그 현장에 발도 담그지 않고 후대에 구국이라고 말할 테냐?"

"그래도 어머니 때문에 안 되겠다."

"내가 책임지고 다시 어머니 앞에 돌려보내 줄 테니, 나중에 후회하지 말고 이리 나와라."

태영은 고민했으나 석근의 독려에 힘입어 몰래 신발을 가지고 와서 창을 넘었다.

학생들의 기세는 놀라웠다. 대학생은 물론이고 고등학생, 중학생까지 있었다. 모두 한목소리로 외치며 경무대를 향해 나아갔다. 학생들에게 박수를 보내 주는 사람도 있었다.

경무대 앞길에는 경찰들이 진을 치고 있었다. 태영과 석근은 가장 앞줄에 서서 구호를 외쳤다. 경찰의 위협에도 아랑곳하지 않고 조금씩 앞으로 나아갔다. 그런데 갑자기 총성이 울렸다. 경찰이 시위대를 향해 발포한 것이다.

총소리에 시위대 대열이 흩어졌다. 그러나 석근과 태영은 도망치기보다 앞으로 달리는 쪽을 택했다.

"넌 뒤에서 달려라, 어머니가 기다리잖아."

석근은 달리면서도 태영에게 말했다. 석근과 태영을 따라 시위대가 함께 달렸다. 경찰의 저지선을 돌파했다. 수많은 사람이 피를 흘리며 쓰러졌고 경찰도 당황했다. 시위대가 도망가기는커녕 계속 앞으로 나아가는 모습에 기가 질렸을 것이다. 잠시 멈칫하는 순간 경찰들은 시위대에 둘러싸였다. 분노한 시위대는 경찰을 무장 해제시켰다.

석근과 태영은 계속 달렸다. 달리면 마치 뭔가 이루어질 것 같은 순수한 희열이 둘의 가슴에 피어났다. 경무대 정문까지 달려 문에 매달렸다. 뒤따라온 다른 시위대도 문에 매달렸다. 문을 차고 부수었다. 결국 문이 넘어졌다. 그런데 이번에는 어디선가 군인들이 나타나 시위대를 공격했다. 군인의 진압은 심각했다. 시위대는 폭력에 무차별적으로 당했다.

군인이 개입하자 석근과 태영도 더 이상은 안 되겠다고 판단했다. 태영과 석근은 경무대 진입을 포기하고 되돌아 나왔다. 실패라고 생각했다. 오늘은 뭔가 이루어지나 싶었는데, 결국 다시 도망 나오다니.

군인 몇이 태영과 석근을 뒤쫓았다. 태영과 석근은 빨랐다. 이대로 계속 달리면 집까지 도망 갈 수 있을 것 같았다. 그런데 태영이 넘어지고 말았다. 태영을 쫓아온 군인이 개머리판으로 태영의 머리를 치려 했다. 그 사이에 석근이 끼어들어 온몸을 던져 군인을 막았다.

"도망가! 빨리, 내가 너는 무사히 보내 주겠다고 약속했잖아. 빨리 가라!"

태영의 마음은 어찌할 바를 모르는데 다리는 이미 달리고 있었다. 멀리서 돌아본 태영의 눈에 길에 쓰러져 군홧발 세

례를 받고 있는 석근이 보였다.

그날 이승만 대통령은 하야를 선언했다. 사람들은 만세를 불렀다. 그리고 다행히 며칠 후 석근과 태영은 다시 만날 수 있었다. 석근은 기절했다가 눈을 떴더니 도로에 그냥 그대로 누워 있었다고 했다. 일일이 잡아 가는 것도 힘든 일이라 그랬던 것 같다. 석근은 한쪽 눈을 제대로 뜨지 못했다. 그리고 다리도 저는 것 같았다.

"미안하다."

"미안하긴, 그 군인 정도는 내가 이길 수 있을 줄 알았는데, 힘이 세더라. 아직 좀 더 커야 하나 봐. 안 죽은 게 다행이지."

"은혜는 꼭 갚을게."

"은혜는 무슨 은혜? 그냥 너 출세해도 연락이나 끊지 마라. 말다툼할 사람이 필요하니까."

이후 태영은 사관학교에 들어갔고, 석근은 지방의 법학대학에 입학했다. 석근은 이후에도 여러 차례 데모를 하다가 경찰에 잡혀갔다. 그러다가 한 여자를 만나 결혼하고 직장을 다니면서 많이 조용해졌다.

1989년 7월 30일(일요일) 08:00

오늘 29년 전의 빚을 갚으라고 말하고 있다. 직감적으로 29년 전과 같은 일이 벌어지는 느낌이었다.

"빚을 어떻게 갚으면 되지?"

"내 아들이 지금 방포 파출소에 잡혀 있어. 보호자라고 하면 풀어줄 거야. 그런데 그게 문제가 아니라 더 도와줘야 할 일이 있을 것 같아."

"무슨 도움?"

"글쎄, 나도 잘 모르겠다. 그런데 녀석이 횡설수설하면서 믿어 달라고 하는 것이 마치 우리가 같이 달리던 그때 같아서 말이야. 그리고 제대로 된 어른이 있다는 것을 녀석에게 알려줄 필요가 있는데, 네가 가장 적역이라서 그래."

"나도 올해 전역이나 할까 하고 있었는데 말년에 재미있는 일이 생기는 건가?"

"재미있는 일이 될지는 모르겠지만, 나도 지금 그쪽으로 내려갈 테니 먼저 일 좀 처리해 줘."

"그래 내가 힘닿는 데까지 도와주지. 이걸로 이십구 년 전 빚은 다 갚는 거지?"

"아니, 내가 내려가면 소주 한 잔 사 줘야 모든 것이 끝나는 거다."

"어쨌든 알았어. 서둘러 오시게."

민태영 소령은 전화를 끊고 책상 위에 앉은 먼지를 닦았다. 그리고 걸레를 손수 빨아 집무실 구석구석을 닦았다. 거울 앞에 서서 군복 위에 앉은 먼지를 털고 모자를 눌러썼다. 거울 속 자신에게 경례를 멋지게 하고 집무실을 나섰다. 일요일이라 한가할 줄 알았는데 의외로 바쁜 날이 될 듯하다.

17.
그때까지 우린 살아갈 거야
We eat and drink while tomorrow they die!

1989년 7월 30일(일요일) 08:03

충걸의 패거리는 옥상으로 올라가기를 거부했다. 좁은 곳에 모여 있으려니 답답하다는 것이다. 유선과 현웅 그리고 조원들은 옥상으로 올라가기로 했다. 올라갈 때 밑에서 감염된 아이들이 공격할까 봐 걱정했지만 거기까지는 충걸의 패가 도와주기로 했다.

"이거 위험하지 않을까?"

허리에 소방 호수를 맨 유선이 물어보았다. 4층 건물의 옥상까지 스스로 줄을 타고 올라갈 수는 없어서 옥상에 있는 아이들이 도와주기로 했다. 허리에 줄을 매고 있으면 옥상에 있는 아이들이 당겨서 끌어올려 주기로 한 것이다.

"다이하드 못 봤냐? 이거 튼튼한 거야."

현웅이 안심시켜 줬다. 일단 여자아이들이 먼저 옥상으로 가서 합류하기로 했다.

옥상으로 올라가는 작전은 무사히 진행됐다. 유선을 시작으로 한 명 한 명 옥상으로 올라갔다.

"너희 안 올라올 거냐?"

현웅이 올라가기 전에 충걸에게 한 번 더 물어보았다.

"너나 올라가. 올라갈 일 있으면 올라갈 테니, 그때나 배신하지 마라."

현웅이 마지막으로 소방호스에 몸을 감고 올라갔다. 3층쯤 올라왔을 때 갑자기 줄이 풀어지려 했다. 현웅은 다급하게 줄을 잡았다. 아무래도 사다리에서 떨어질 때 다쳤던 어깨가 좋지 않았다. 손에 힘이 안 들어갔다. 한 손으로만 버티기는 힘들었다.

유선이 위에서 소리를 질렀다. 현웅은 4층 창문을 발로 깨고 안으로 뛰어들었다. 1층으로 떨어지는 것보다 나으리란 판단이었다.

유리에 찔린 상처가 욱신거렸다. 계단 쪽에 감염된 아이들이 몰려 있다면 갇힌 것이나 마찬가지다. 나무 의자 하나가 눈에 띄었다. 급하게 발로 부수어서 몽둥이를 만들었다. 1층으로 도망가든 옥상으로 도망가든 정면 돌파를 해야 한다. 저 많은 아이들을 상대하려면 넘어뜨리는 정도로는 안 될 것이다.

현웅은 복도로 달려 나왔다. 당연히 감염된 아이들이 다가올 줄 알았다. 하지만 아이들은 현웅을 신경 쓰지 않았다. 다들 계단을 내려가고 있었다. 질서정연하게 계단을 내려가는 모습이 왠지 소름 끼쳤다. 현웅은 내려가는 아이들을 가만히 지켜보았다.

그러느라 옆 교실에서 한 아이가 나오는 것을 몰랐다. 아이는 현웅의 바로 뒤까지 다가왔다. 아이의 숨소리가 들릴 정도가 되어서야 현웅은 뒤에 있는 것을 눈치챘다. 재빨리 돌아서 밀쳐내려 했지만 다친 어깨가 아파서 밀어내지 못했다. 아이는 현웅의 팔을 잡았다. 현웅은 급한 마음에 몽둥이로 내려쳤다. 아이는 머리에서 피를 흘리며 쓰러졌다. 현웅의 얼굴에도 피가 튀었다. 그러려던 것은 아닌데 흥분한 나머지 너무 세게 때렸나 보다. 아이가 어떻게 되었을까 걱정됐지만 상처를 돌봐줄 시간은 없었다. 감염된 아이들이 자리를 비운 틈에 현웅은 옥상으로 통하는 철문으로 다가갔다. 감염된 아이들이 몸으로 부딪치다가 상처라도 났는지 문에는 피가 묻어 있었다.

현웅은 철문을 두드렸다. 옥상에서는 아무 반응이 없었다. 감염된 아이들이 두드리고 있다고 생각했을 것이다. 현웅은 소리쳤다.

"나야, 현웅이. 주변에 아무도 없어 잠깐 열어 줘!"

뭔가를 치우는 부스럭거리는 소리와 쇠파이프 떨어지는 소리가 들리더니 문이 빠끔 열렸다. 유선이었다. 현웅은 옥상으로 올라갔다. 유선이 먼저 물어보았다.

"애들은?"

"몰라. 다 아래층으로 내려가고 있어. 이상한 것은 나를 봐도 별 반응이 없어. 뭔가 변화가 있는 게 분명해."

"여기 있는 애들한테는 지금 일어난 일들을 설명해 줬어. 어른들에게 알리면 안 된다는 우리 생각에 대부분 동의했어. 대부분은……. 어차피 동의하지 않더라도 이제는 정말 나갈 수도 없고……."

현웅은 주변을 둘러보았다. 사실을 알고 나면 더 두려운 것도 있기 마련이다. 옥상에 있던 애들은 그저 무서워서 아무것도 모르고 올라온 아이들이었다. 갑자기 변한 친구가 무서웠고, 한두 명이 옥상으로 피하니 너도나도 옥상으로 뛰어올라온 것뿐이다. 곧 누군가가 구조해 주겠지 하는 희망으로 버티고 있었는데, 구하러 올 사람이 어른도 아니고 겨우 한 명의, 아니 두 명의 학생이라니 오히려 더 절망했을 것이다. 구석에서 여자아이 둘이 껴안고 통곡하고 있었다.

"울지 마! 몇 시간만 더 버텨보자. 저 애들이 좀 이상하긴 해도 행동이 느리기 때문에 어떻게든 헤쳐 나갈 수 있을 거야."

현웅이 아이들을 달랬다.

"현웅아, 그런데 얼굴에 피가⋯⋯."

"아, 이거 내 피는 아니야. 본의 아니게 그만⋯⋯ 다른 애를 좀 다치게 했어. 치료해 줘야 하는데 상황이 좀 그래서⋯⋯."

현웅은 미안한 마음이 들어 변명을 했다. 유선이 곤란해하며 말했다.

"그게 아니라, 너 상처도 많은데 그 상처로 피가 튀었으면 감염될 가능성이 있지 않을까?"

"무슨 소리야? 난 괜찮아!"

현웅은 흥분해서 소리를 질렀다. 다른 아이들이 의심의 눈으로 현웅을 보았다. 현웅은 지금까지 누구를 위해 싸웠는데, 이런 눈으로 바라볼까 하는 마음에 화가 났다.

하지만 화를 내 봤자 달라지는 것은 없었다. 이 아이들은 현웅을 추방하고 싶어 했다.

"알았어, 날 당분간 묶어 놔라. 혹시 모르니까. 그리고 만약 내가 변할 것 같으면 유선이 네가 꼭 아이컨택해 줘야 해. 내가 너희들을 공격하는 것은 싫으니까."

"알았어. 미안해."

아이들은 현웅을 옥상에 굴러다니는 낡은 의자에 묶었다.

그리고 쇠파이프를 이용해서 옥상 문을 더욱 튼튼하게 막았다. 잠금장치가 있으면 좋겠지만 건물 안에서만 잠글 수 있는 구조라 그렇게라도 해 놓아야 했다. 감염되면 아이들이 문손잡이를 돌리는 것조차 모를 정도로 단순하게 변한다는 건 다행이었다.

유선은 옥상에서 아래를 내려다보았다.

"정말 이상한데? 애들이 다 한군데로 모이는 것 같아. 지금까지 다 제각각이었는데, 지금은 뭔가 같이 행동을 하는 느낌이야."

1989년 7월 30일(일요일) 08:20

현재는 자신의 뜻을 아이들에게 전파했다. 지금 피를 원한다고, 신선한 피를. 뜻은 아이에서 아이에게로 전달됐다. 한 가지 목표를 향해 움직인다. 현재의 뜻에 따라 아이들은 운동장을 중심으로 크게 원을 그리며 퍼졌다. 학교 전체를 둘러싸는 듯한 모양이었다.

그리고 한 발 한 발 중심을 향해 다가왔다. 충걸의 패거리는 운동장에서 그 모습을 지켜보았다. 기분이 이상했다. 뭔가 의식을 치르듯이 동시에 움직이는 아이들의 모습은 기괴했다.

충걸은 절대 '단체'를 허용하지 말라는 아버지 영걸의 말을 떠올렸다. 영걸은 충걸에게 충고하곤 했다.

'지렁이도 밟으면 꿈틀대기는 하지. 그런데 더 심하게 밟으면 꿈틀대지도 못해. 그러니까 지렁이 같은 놈들은 그냥 밟아 줘. 그런데 간혹 쥐새끼 같은 놈들이 있어. 쥐새끼도 하나 정도는 밟아 버리면 되지만 이것들이 떼로 몰려다니면 곤란해. 쥐새끼가 떼가 되면 고양이도 잡아먹거든. 절대 떼로 몰려다니게 두지 마라. 떼로 모이면 일단 피해! 그리고 그 우두머리만 따로 잡아서 족쳐라. 그래야 네가 살아남는다.'

아버지가 물론 이런 상황을 염두에 두고 충고한 것은 아니었다. 하지만 지금 딱 어울리는 충고이기는 했다.

충걸의 패거리 중 효상이 움직였다.

"저것들이 무슨 짓을 하는지 한번 내가 가 볼게."

1989년 7월 30일(일요일) 08:25

효상은 앞으로 달려 나갔다. 아이들이 무표정하게 다가왔다. 줄만 맞추고 있을 뿐 아이들에게 큰 변화가 있는 것 같지는 않았다. 한 아이를 몽둥이로 때렸다. 역시 아파하지 않았다. 그저 묵묵히 다가올 뿐이었다. 효상은 뒤로 잠깐 물러났다가 다시 달려가서 머리를 내리쳤다. 아웃복서의 움직임 같았다. 아이는 쓰러졌다.

아이는 쓰러지면서 약한 감정의 파동을 일으켰다. 그 파동은 냄새가 되어 옆의 아이를 타고 현재에까지 이르렀다. 현재는 그 감정의 파동을 느꼈다. 그래서 다시 분노의 심상을 아이들에게 내보냈다. 아이들은 현재로부터 분노라는 심상을 전달받았다. 분노의 냄새를 맡으니 아드레날린이 자연적으로 솟았다. 아드레날린은 산소가 빠져나간 아이들의 근육에 일시적으로 힘을 돋아 주었고 조금 빨리 움직일 수 있도록 해 주었다. 현재의 심상으로 통솔되는 아이들은 효상을 둘러쌌다.

효상은 주변 아이들이 자신을 조용히 둘러싸고 있다는 사실을 눈치채지 못했다. 전에는 아이들이 여럿이더라도 무질서하게 다가왔기 때문에 빈틈이 있었다. 몽둥이로 몇 대 때리다가 그 빈틈으로 도망가면 더 이상 따라오지 못했다. 사람이 없는 교실로 피하면 밖에서 몇 번 쿵쿵거릴 뿐 문을 열 생각도 못 하던 아이들이었다.

효상은 다시 패거리에게 돌아가려고 뒤로 돌아섰다. 그러나 빈틈이 없었다. 아이들이 효상을 포위했다. 한 아이가 넘어지면 뒤의 아이가 받쳐 줄 수 있도록 원을 두세 겹으로 만들면서 계속 조여 왔다. 효상은 처음으로 무서웠다. 아이들은 무표정이었지만 그 의도는 알 수 있었다. 효상은 사냥을 당하고 있는 것이다. 지금까지는 감염된 아이들이 사냥감이었다. 그러나 이제 조용한 사냥꾼이 되어 있었다.

원이 더 조여지기 전에 빠져나가야 한다. 효상은 가장 약해 보이는 아이를 노리고 몽둥이로 머리를 내려쳤다. 그곳으로 돌파할 예정이었다. 아이가 쓰러지자 다른 아이가 틈을 메웠다. 빠져나갈 수 없었다. 아이들이 이렇게 조직적으로 움직이리라고는 상상도 하지 못했다. 뒤에서 한 아이가 효상을 잡았다. 효상이 책상 다리로 만든 몽둥이를 휘둘러 떼어내려 했지만 아이는 놓지 않았다. 그사이 다른 아이가 몽둥이를 붙잡았다. 효상은 결국 아이들에게 꼼짝없이 잡혔다. 효상은 눈을 질끈 감았다. 고통을 생각하며 이를 악물었다. 그러나 아이들은 효상을 물지 않았다.

이상했다. 왜 물지 않을까? 그렇게 생각하며 눈을 떴는데 눈앞으로 한 사내가 다가오고 있었다. 아이들과 마찬가지로 다리를 질질 끄는 걸음걸이였다. 피로 물든 티셔츠를 받쳐 입은, 양복 차림이었다. 이름이 뭐더라? 총책임자라고 인사한 기억이 난다. 어쨌든 그 사람이 다가왔다. 이 사람의 눈빛도 붉었다. 그러나 그 눈에는 다른 아이들과는 다른 총기가 있었다. 이성이 있을지도 모른다고 생각했다.

"아저씨, 나 좀 풀어 줘요. 아저씨 내 말 알아들을 수 있죠?"

효상은 마지막으로 희망을 품고 부탁해 보았다. 그러나 양복 차림의 그 사람은 천천히 고개를 숙이더니 효상의 목을 물어 버렸다.

효상은 비명을 지르지 못했다. 목소리가 나오지 않았다. 고통에 소리라도 지르고 싶었지만 그러지 못했다. 정신이 아득해졌다.

현재는 만족한 듯 고개를 들었다. 감염된 아이들은 효상을 물지 않았다. 감염된 아이들은 죽어 있는 사람이나 이미 감염된 사람을 물지 않는다. 자신을 지배하는 기생충을 위해 무는 것이기 때문이다. 숙주가 될 생물을 죽이는 것은 기생충의 방식이 아니다. 종을 퍼트리려면 다른 생물의 피로 영양분을 보충하되 숙주는 살려둬야 한다. 그래서 죽은 사람은 물지 않았고, 의도치 않게 죽는 경우는 있지만 일부러 숙주를 죽이지도 않았다.

그러나 현재는 그러지 않았다. 현재는 기생충의 '의도'와는 다르게 행동했다. 위험한 지도자가 탄생했다.

충걸은 멀리서 효상이 잡히는 모습을 지켜보았다. 아이들에게 둘러싸여 있어서 안의 모습이 보이지 않았지만 수상했다. 효상을 구하러 가야 하는데 발이 떨어지지 않았다. 이제 재미를 볼 시간은 지났다.

효상만이 문제가 아니었다. 감염된 아이들이 만든 큰 원은 충걸의 패거리를 향해 좁아지기 시작했다. 충걸이 효상에게 집중하고 있는 동안 원은 많이 좁아졌다.

유선은 옥상에서 효상이 당하는 모습을 보았다. 경악할 수밖에 없었다. 지금까지 볼 수 없던 잔혹한 의식이 진행되었다. 분명 목적이 있는 행동이었다. 효상은 유선도 아는 아이다. 언제나 충걸 곁에서 궂은일을 다 하는 아이, 그러면서도 비열한 웃음을 흘리던 아이였다. 하지만 그게 목숨을 빼앗겨야 할 만큼의 죄는 아니었다. 다른 아이가 효상을 붙잡고 보좌관이 목을 무는 모습은 이가 맞부딪칠 만큼의 공포를 안겨주었다. 지켜보던 다른 아이도 공포를 느끼기는 마찬가지인 모양이었다.

유선은 아래에 있는 충걸의 패거리에게 소리를 질렀다. 아무리 미워하는 오빠라지만 지금은 그런 게 중요한 게 아니었다.

"노충걸! 빨리 도망쳐! 이리 올라와!"

충걸도 유선을 쳐다보고 알았다고 소리쳤다. 충걸의 패거리는 교실로 달렸다. 복도에 있는 계단을 통해 옥상으로 올라가려 했다. 그러나 어느새 나타났는지 감염된 아이들이 계단을 지키고 서 있었다. 진퇴양난이었다. 충걸의 패거리는 다시 운동장으로 달려 나올 수밖에 없었다.

"줄을 내려 줘! 안은 이미 막혔어!"

충걸이 소리쳤다. 유선은 다시 소방호스를 던졌다. 감염된 아이들의 포위는 점점 좁아졌다. 충걸이 가장 먼저 허리에 호스를 감았다. 옥상의 아이들은 힘껏 끌어당겼다. 다급한 나머지 충걸이 벽에 부딪히는 것도 몰랐다. 끌려 올라온 충걸은 어깨에 피를 흘리고 있었다.

"뭐야 물린 것 아니야?"

한 아이가 충걸의 어깨를 보고 감염되었다면 다시 내려보내라고 소리쳤다.

"시끄러워. 너희가 너무 세게 당겨서 벽에 긁힌 거야. 따가워 죽겠네. 헛소리 말고 빨리 다른 애들이나 끌어올려라."

충걸이 낮은 목소리로 말했다.

다시 소방호스를 던졌다. 원이 눈에 띄게 좁아져 있었다.

"두 명씩 올려!"

아이들의 외침에 두 명이 한꺼번에 호스에 허리를 묶었다. 옥상의 아이들은 배나 힘들었지만 열심히 끌어올렸다. 세 명을 동시에 묶기에는 줄도 짧았고, 힘도 너무 많이 들었다. 마지막 두 명이 남았을 때는 옥상의 아이들도 지쳤다. 감염된 아이들이 달리지 못하는 게 정말 다행이었다. 남은 두 명의 아이들이 줄을 허리에 묶을 때는 감염된 아이들의 숨소리가 옆에서 들릴 정도였다.

"당겨!"

급박한 목소리에 옥상의 아이들은 힘을 합해 당겼다. 손쉽게 올라오던 이전과는 달리 매우 묵직했다. 갑자기 호스가 요동쳤다. 가만히 있어도 당기기 힘든 마당에 흔들리기까지 하니 손에서 빠져나갈 판이었다. 유선이 무슨 일인지 보려고 재빨리 난간으로 다가섰다.

호스로 허리를 묶고 딸려오는 충걸의 패거리 중 한 아이의 다리를 감염된 아이가 붙잡고 있었다. 둘은 감염된 아이를 떼어내려고 발버둥을 쳤지만 아이는 절대 손을 놓지 않았다. 그 상태로 감염된 아이 하나를 매단 채 점점 옥상으로 가까이 오고 있었다. 이제 다시 내려갈 수도 없었다. 아래에서는 감염된 아이들이 모여서 위를 쳐다보고 있었다.

"제발 좀 떨어져!"

발목을 잡힌 아이가 자신을 붙잡은 손목을 다른 발로 걸어찼지만 미동도 하지 않았다. 위를 쳐다보는 감염된 아이의 눈빛은 너무나 평온했다.

충걸이 몽둥이를 들고 달려왔다.

"뭐 하려고?"

유선이 물어봤다.

"쳐서 떨어뜨려야지. 옥상으로 올라오게 할 수는 없잖아."

"여기서 떨어지면 죽을지도 몰라."

"죽으면 어때? 저놈들은 이제 사람이 아니야. 효상이가 저

놈들한테 당하는 거 너는 여기서 똑똑히 봤잖아."

"안 돼. 해독제가 올 때까지 애들을 다치게 하면 안 된다고
했잖아."

유선은 충걸을 말렸지만 겁에 질린 다른 아이들은 충걸의
의견에 동의했다.

"여기로 올라오면 또 어쩔 거야? 한 명이라도 또 물리면
어쩔 거야? 여기 있는 애들은 보호 안 해도 돼?"

줄을 당기고 있던 아이 하나가 상기된 얼굴로 옆에서 외
쳤다.

유선은 아무 말도 할 수 없었다. 한 사람, 한 사람 모두가
중요한 사람이다. 자신을 중요하게 생각하는 그 마음을 탓할
수는 없었다. 그리고 아무 방법이 없었다.

마침내 두 아이의 얼굴이 보였다. 충걸이 난간 틈으로 감
염된 아이의 손목을 내리쳤다. 그래도 손은 벌어지지 않았
다. 잘 걷지도 못하면서 손아귀 힘만은 상상의 범위를 벗어
나 있었다. 감염된 아이의 얼굴이 보일 정도로 끌어올려지자
충걸은 힘껏 머리를 내려쳤다. 아이의 동공이 풀리며 머리가
툭 떨어졌다. 그러나 손은 풀리지 않았다. 충걸이 어쩔 수 없
이 감염된 아이의 손을 잡고 손가락을 하나씩 벌렸다. 손가
락 하나를 떼는 데도 얼굴이 빨개질 때까지 힘을 써야 했다.
충걸이 직접 검지와 중지를 벌리자 손이 스르륵 미끄러지며

1층부터 따라온 아이가 다시 1층으로 떨어졌다. 아래에 있던 감염된 아이들은 아래로 떨어지는 아이를 피하지 않았다. 오히려 받아주려는 듯했다. 밑에 있던 아이들 몇 명이 떨어진 아이에 맞아서 같이 쓰러졌다. 떨어진 아이를 포함해 두 명의 아이가 일어나지 못하고 있었지만 다른 아이들은 곧 일어났다.

그리고 모두 동시에 옥상을 바라보았다.

유선에게는 그들이 수많은 눈을 가진 한 마리의 거대한 짐승처럼 보였다.

뒤에서 현웅이 유선을 불렀다.

"유선아, 아무래도 네 말이 맞았던 것 같아. 너에게 화가 났었는데 미안하다. 나 좀 이상해. 내가 변하면 꼭 네가 아이 컨택을 해 줘. 꼭 너였으면 좋겠어."

현웅의 눈이 붉은빛을 띠기 시작했다.

18.
아직 진짜 전투는 시작하지도 않았어

The real battle yet began

1989년 7월 30일(일요일) 08:50

민태영 소령은 지프를 타고 파출소로 갔다. 아홉 시 전에 도착할 수 있었다. 민태영 소령은 동네의 유지들과 모두 잘 알고 지냈다. 소령이라는 계급이 마을 사람들에게 호기심과 호감을 동시에 주는 모양인지, 쉽게 친해질 수 있었다. 경찰들도 마찬가지였다. 민 소령이 부탁하면 뭐든지 잘 들어주는 편이었다. 그런데 오늘 이 젊은 경찰은 무엇에 심사가 뒤틀렸는지 깐깐하게 굴었다.

"소령님이야 제가 잘 알고 있는 분이지만 이 학생의 보호자 자격은 없잖아요."

친부모가 오지 않았다고 경찰은 계속 트집을 잡았다. 약국 주인도 절도가 아니라고 말해 주었고 실제로 피해를 본 것도 없었기 때문에 훈방시켜도 무방한 사안이었다. 경찰은 서울에서 내려온 도시 촌놈에게 겁을 좀 주고 싶은 마음과 함께 보답 비슷한 뭔가를 바라는 마음도 있었다.

"이야기를 들어 보니 이 학생들이 물건을 훔친 것도 아니라 하고 약국 주인도 아니라고 하는데 자네가 왜 이 아이들을 붙잡고 보내 주지 않는 것인가?"

"사고를 방지하려고 그러죠. 저 애를 보세요. 계속 저렇게 멍하니 앉아서 씩씩거리며 숨만 쉬고 있는데 무슨 일이 생길 줄 알고 보내 줍니까?"

이때 석영이 나서며 말했다.

"그러니까 바로 보내 줘야죠. 저 아이의 병은 제가 잘 알고 있습니다. 일단 병원으로 가서 조치를 받게 해야 합니다. 그리고 저희는 국회에서 주관하는 청소년 캠프 참가자들이에요. 오늘 오후에는 기자들과 국회의장이 참가하는 폐막식이 있을 예정입니다. 그런 큰 사태에 불미스러운 일이 생기는 것을 높은 분들이 원치 않으실 겁니다. 사태를 원활하게 해결하는 것이 좋을 듯싶은데요. 여기 오신 소령님도 상당히 바쁜 시간을 내 주셨는데, 적극적으로 협조해 주시면 좋게 평가하실 겁니다."

젊은 경찰은 석영이라는 학생을 대할 때마다 기분이 상했다. 뭔가 그 말에 말려드는 느낌이 들었지만 논리적으로 반

219

박하기 힘들었다.

민 소령도 마찬가지였다. 말은 참 잘하는 녀석이네, 하고 생각했다. 어릴 때 몇 번 본 적이 있었는데, 그 모습은 전혀 남아 있지 않았다.

민 소령은 계속되는 실랑이 끝에 석영과 상훈을 데리고 경찰서를 나올 수 있었다. 그리고 차에 태웠다.

"자, 이제 뭘 하면 되냐? 네 아버지 부탁이라, 궁금해서 여기까지 왔다."

민 소령이 차에서 이야기했다.

"소령님은 스스로 믿을 만한 분이라고 자처하십니까?"

"난 그렇게 믿고 있다."

"어떤 일이 벌어져도 우리를 믿어줄 건가요?"

"그건 믿음과는 상관없이 내가 해야 할 일이다. 하루 세끼 밥을 먹듯, 아침이 되면 눈이 떠지듯, 네 아버지의 부탁은 들어줘야 하는 게 당위라고 내 몸이 말하고 있다."

"그렇다면 조용한 곳에서 말씀드리겠습니다."

석영은 민 소령의 집무실에서 사건의 경위를 이야기했다. 지금 학교 안에는 감염된 아이들과 정상적인 아이들이 사투를 벌이고 있으며 그 아이들이 사투를 벌이고 있는 이유는 어른들에게 그 약을 빼앗기지 않기 위해서라고도 말했다.

"전 아버지의 친구를 믿기 때문에 이 이야기를 소령님에게 해 드린 겁니다. 이제 결정해 주세요. 절 전폭적으로 지원해 줄 것인지, 아닌지. 만약 절 전폭적으로 지원해 주신다면 소령님은 아마도 개인적인 피해를 보실 겁니다. 그 반대라면 오히려 이익이 있을지도 모릅니다. 다만 거짓된 세상 속에서 행복을 느끼고 살아야 할 가능성도 있습니다. 앞으로의 세상에는 토론도 없을 것이고, 경쟁도 없을 것입니다. 모두가 하나의 목표를 향해 서로 돕고 협력하며 기꺼이 희생하겠지요. 그러나 모두 그것을 행복이라고 생각하며 살 것이라는 게 두렵습니다. 이제 제가 무슨 말을 하는지 아시겠죠?"

민 소령은 잠시 멍한 얼굴로 쳐다보더니 말했다. "넌 좀 말을 줄여야 할 필요는 있는 것 같다."

너무나 허무맹랑했다. 그러나 이런 허무맹랑한 말을 지어내서 석영이 얻어 낼 것은 무엇인가? 이토록 진지하게 매달릴 필요가 뭐가 있단 말인가? 그리고 저 상훈이라는 학생이 연기하는 것이라면 왜 그런 위험을 무릅쓰고 연기를 한단 말인가? 소령은 믿기지는 않지만 믿어야 한다는 이성의 외침을 들었다. 결국 결론을 내렸다.

"내가 적극 지원해 주도록 하지. 세상에는 믿을 만한 어른도 있다는 것을 알아줬으면 좋겠다. 그리고 역설적이게도 나에게는 네 말을 보고할 만한 제대로 된 윗사람이 없다."

"그렇다면, 소령님의 병력으로 안면도를 차단해 주세요.

안면도에 위험분자가 떠서 특정 인물을 색출하는 중이라 외부 지원은 받을 수 없다고 이유를 대면 될 거예요. 소령님께서 안면도를 고립시키면 내부의 가장 큰 위험 요소는 경찰이예요. 안면교를 접수하는 동시에 경찰들을 무장 해제시키고 외부와 연락을 못 하도록 하세요. 그리고 일반 주민은 자유롭게 외부와 연락할 수 있도록 하고요. 일반인은 지금 상황을 모르기 때문에 오히려 여러 가지 소문을 만들 겁니다. 소문이 나도는 것도 우리에게 도움이 될 거예요."

"잠깐, 잠깐. 좀 천천히 말해라." 민 소령은 손을 내저었다. "그 계획은 언제 다 세운 거냐?"

"소령님을 보자마자요. 군인이면 그 정도는 할 수 있지 않나요? 지금 시간이 없어요. 빨리 움직여야 합니다. 우리는 빨리 해독제를 만들어서 적어도 오늘 안에는 아이들을 모두 치료해야 해요. 기자들과 국회의장이 들어오지 못하게 계속 막았다가는 더 큰일이 벌어질 수 있으니, 그 사람들이 어떤 결론을 내리지 못했을 때 모든 사건을 해결해야 해요."

일사천리로 상황판단을 하고 해결책까지 내놓는 석영을 보고 소령은 고개를 저었다. '요즘 애들은 다 저런가?'

"즉, 네가 우리 부대를 지휘하겠다는 말이구나."

석영은 어깨를 으쓱하더니 주머니에 있는 쪽지를 꺼냈다. 약국 아주머니가 적어준 병원 주소였다.

"저는 지휘자에 관심 없어요. 뱃머리만 올바른 방향으로 향하고 있다면 말이죠. 그리고 소령님과 저는 상훈이를 데리고 이 병원으로 가야 합니다. 거기에서 해독제를 만들어야 해요. 그것도 대략 천 명분을……."

1989년 7월 30일(일요일) 09:20

"너는 이제 내 말을 듣는다."

가장 듬직한 아군인 현웅마저 감염됐다. 유선은 현웅의 얼굴을 붙잡고 눈물을 흘렸다. 언제나 자신감 넘치고 총명하던 현웅의 눈빛은 이제 붉은빛을 띠고 생기를 잃었다. 아이컨택 의식을 처음 보는 아이들은 마치 종교행사를 보는 듯한 엄숙함마저 느꼈다.

"큰일이야. 아이들이 올라오고 있어."

운동장을 지켜보던 아이가 소리쳤다. 아이들이 체계적으로 움직이기 시작하자 이전과는 다른 공포가 생겼다. 전에는 이상하게 행동하기는 했지만 같은 동료이고 친구라는 느낌이 강했는데 이제는 완전한 공포의 대상이 됐다.

"지금까지 애들이 와서 몇 번 문들 두드리다가 안 열리면 돌아가고, 다시 다른 애가 와서 두드리고 하는 식으로 되풀이되었는데, 단체로 힘을 쓴다면 저 문이 언제 부서질지 몰

라. 저 아이들이 한꺼번에 힘을 쓰면 운동장 철문도 금방 부서질 거야."

한 아이가 말했다. 모두가 그 말이 사실이라는 것을 알았기에 침묵에 빠졌다.

"그러면 줄을 타고 내려가야 하나? 애들이 막아섰으니 계단으로 내려가는 것은 힘들 거 아냐?"

"아니 저 밑을 봐. 몇 명은 지금 아래에서 지키고 있어."

"어떡해."

아이들은 혼란에 빠졌다. 공연히 소리 지르고 화를 내는 아이도 있었고, 한참 전부터 울던 아이들은 계속 울었다.

"현웅이 저놈도 가져다 던져 버려! 저놈이 우리를 공격할지도 모르고 문을 열어 줄지도 모르잖아."

희생양을 찾고 싶은 아이도 있기 마련이다. 유선이 나섰다.

"아니야, 현웅이는 안전해. 저기 정문 앞에 있는 애들을 봐. 아이컨택이 된 아이들은 지금 같이 움직이지 않잖아. 현웅이도 내 말만 들을 거야. 지금은 괜찮아."

"그럼 어쩌자는 거야? 너희들이 옥상으로 기어 올라왔으니까 책임을 지란 말이야!"

"그게 왜 우리 탓이야? 아래에 있다가 다 잡혀 죽었으면 좋겠어?"

같은 조원인 아이가 나섰다. 진실을 미리 안 아이들과 조금 늦게 알게 된 아이들 사이에서도 패가 갈라졌다.

"모두 조용히 해!"

충걸이 소리치며 앞으로 나섰다.

"분명히 우두머리가 있을 거야. 그 우두머리만 없애면 돼. 저렇게 아무 생각 없던 애들이 움직일 때는 반드시 그런 이유가 있는 법이야."

"이현재 보좌관." 유선이 말했다.

"뭐라고?"

"이현재 보좌관이야. 효상이 당할 때 옥상에서 똑똑히 봤어. 다른 애들이 효상이를 붙잡고 있으니까 이현재 보좌관이 가서 효상의 목을 물었어. 확실해. 다른 애들이 보좌관에게 길을 터준 거야."

"그럼 내가 가서 잡겠어. 애들 몇 명하고 내려가서 보좌관만 잡으면 될 거 아냐?"

충걸이 소리를 지르는 사이 갑자기 옥상문에서 소리가 나기 시작했다.

작게 두드리는 듯하더니 점점 소리가 묵직해졌다. 이전처럼 무작위로 두드리는 소리가 아니었다. 동시에 여러 명이 부딪치는 소리다.

"문을 막아. 뭐라도 문을 받쳐!"

아이들은 눈에 보이는 것은 뭐라도 들고 뛰었다. 옥상에는 학교를 건설하다 남은 폐자재가 많았다. 녹슨 쇠파이프도 굴러다녔고, 책걸상도 굴러다녔다. 아이들은 문이 열리지 않게 하려고 쇠파이프로 괴고 소방호스를 칭칭 둘러 감았다. 그것도 안심되지 않았는지 문 앞에 잡동사니를 잔뜩 쌓았다.

"이제 내려가서 이현재 보좌관을 잡지도 못하겠네. 어떡하지?" 유선이 충걸을 보며 말했다.

쿵쿵! 문을 들이받는 소리가 큰 북을 치듯 울렸다. 고통을 느끼지 않는 아이들이 어깨뼈가 부서지는 줄도 모르고 문을 들이받는 모양이다. 아이들이 한 번 들이받을 때마다 문에서 먼지가 일고 받쳐놓은 쇠파이프가 들썩거렸다. 이제 해결해 줄 수 있는 것은 시간밖에 없다. 하지만 그 시간이 누구의 편이 되어 줄지는 아무도 알 수 없었다.

충걸은 하늘을 올려다보았다.

'날은 참 좋네.'

1989년 7월 30일(일요일) 09:45

민 소령과 석영 그리고 상훈은 이익수 의원이라는 간판이 붙어 있는 작은 건물을 찾았다. 이익수 의원은 민태영 소령도 잘 알고 있는 사람이다. 환자를 마음으로 대하고 환자의 집까지 직접 전화를 걸어서 경과를 물어보기도 하는 아주 인심 좋은 의사라는 소문이 파다했다. 시골의 작은 병원이 다 그렇듯이 피부병이건 감기건 아프기만 하면 사람들은 이 병원을 찾았다.

서울에 있는 대학병원에서 과장까지 지낸 유능한 의사였다는 소문이 있었다. 그러다가 개인적인 사고로 충격을 받고 폐인처럼 헤매다가 이곳에 정착했고, 이후 사람들과 잘 어울려서 살고 있다는 이야기였다. 어떤 사고였는지는 의견이 분분했다. 아들이 병에 걸려 죽었다는 이야기도 있고, 의료사고로 유명한 사람을 죽게 해서 도망 나왔다는 이야기도 있다. 사람들의 입을 타고 흐르는 이야기가 모두 그렇듯이 정확한 것은 본인만이 알고 있을 터.

"어쩐 일이십니까? 이렇게 아침부터?"

이익수는 진료실에서 차를 마시다가 반가운 얼굴로 민 소령을 맞아 주었다.

"이 선생님, 부탁이 있어서 왔습니다. 시간이 없어서 많은 이야기를 드리지 못하겠습니다만, 이 아이가 알려 주는 약을 만들어 주실 수 있겠습니까?"

이익수는 의아한 얼굴을 했다. 아침부터 갑자기 무슨 일일까 싶은 것이다. 그러다가 같이 들어온 상훈의 상태를 보고 반응했다.

"저 아이와 관계 있는 일입니까? 일단 여기 눕히세요." 이익수는 석영을 보고 말했다. "그리고 학생, 그 처방전인지, 노트 좀 볼까?"

석영은 조심스럽게 해독제 제조 방법이 쓰여 있는 페이지를 펼쳐서 보여 주었다. 다른 곳을 보지 못하게 하려는 듯 조심스럽게 앞으로 내밀었다.

이익수는 가만히 그 부분을 들여다보았다.

"이 아이, 무슨 아프리카라도 다녀왔나? 이 약들은 기생충에 관계된 약인데, 국내에서는 많이 사용하지 않는 약이야. 체체파리 같은 것에 물려서 전염되는 편모충에 많이 사용되는 약인데. 가만있자 이 약도 그런 것이네. 이건 유럽 쪽에서 많이 사용되는 약이라고 들은 것인데⋯⋯." 이익수는 고개를 들고 날카로운 눈으로 석영을 쳐다보았다. "솔직히 말해 주게. 내가 이해할 수 없는 일이 일어나고 있는 것 같은데. 심각한 상태인가?"

석영은 말없이 고개만 끄덕였다. 이 의사가 믿을 수 있는 세 번째 어른이 될 만한 사람인지 확신하지 못하는 것이다.

소령과 석영을 바라보던 이익수는 다시 입을 열었다.

"이 약들과 그 비슷한 약이 병원에 조금 있기는 해. 그런데 여기 보면 구강으로 투여하라고 적혀 있는데 내 생각에는 구강 투여 방식보다 피하주사 방식이 더 효과적일 듯해. 소화기를 거쳐서 약효가 나타나는 것보다 바로 혈관을 따라 약이 올라가는 편이 나을 거야. 그러나 확인하려면 이 노트의 앞부분을 봐야겠네. 그래야 내 처방을 확신할 수 있을 것 같은데, 허락해 주겠나?"

석영은 익수의 눈을 쳐다보았다. 그러고는 민 소령을 바라보았다. 순간적으로 영특함이 빛나기는 하지만 이런 순간에는 완전 애였다. 익수는 석영의 마음을 뚫어보았다.

"잘 모르겠지만 나에게는 많은 소문이 따라다니고 있어. 소문은 나도 들어서 잘 알고 있지. 큰 병원의 과장이었다는 이야기가 돌더군. 사실 맞는 말이기도 하지. 그리고 아들이 죽었다는 둥, 의료사고를 내고 도망 왔다는 둥 하는 이야기도 들리더군. 사실을 말하자면⋯⋯. 그 두 이야기는 하나의 이야기야. 의료사고로 사망 사고를 냈는데 그게 우리 아들이었어."

석영은 의사의 얼굴을 쳐다보았다. 갑자기 의사의 얼굴에 피로가 넘쳐났다. 의사는 입을 살짝 실룩하며 움직이더니 말을 이었다.

"어느 날인가부터 아들이 기침을 좀 심하게 하더군. 어릴 적에 우리 아들은 천식을 앓은 적이 있었지. 그래서 난 당연히 천식인 줄 알고 병원 일이 바쁘다는 핑계로 아들에게는 천식약만 처방해 주었지. 그래도 아이는 차도가 없었어. 사실 난 차도가 없는지도 몰랐지. 일은 바빠 죽겠는데 마누라가 집안일에는 신경도 안 쓴다고 앵앵거려서 집에 잘 안 들어가던 시절이었거든. 그런데 어느 날 아이가 호흡을 못 한다고 집에서 연락이 왔어. 아이가 병원에 도착했을 때는 이미 피부색이 파랗게 질려 있었지. 호흡을 하게 해주려고 기관지를 절개했는데, 거기서 물이 흘러나오는 거야. 아들은 내 앞에서 숨을 거두고 말았어. 사실 병원에 도착했을 때는 이미 늦었다고 봐야 해. 그런데 말이야. 우리 아들은 천식으로 사망한 게 아니었어. 아이는 초기 자폐증이 있었어. 스트레스를 받거나 야단을 치면 이상 증세를 보였지. 그런데 난 그걸 제대로 파악하지 못했어. 몸만 진단하고 아이의 마음은 전혀 헤아리지 못했던 거야. 스트레스를 받으면 아이는 혼자 물속에 머릴 처박고 있었지. 그러다가 기도로 물이 흘러들어가고 그게 염증을 유발하는 바람에 기침을 했던 것이고……. 사망한 그날 아마도 혼자만의 세계로 가고 싶었나 봐. 얼굴을 너무 오래 물속에 담그고 있었지. 숨이 막히는 데도 그게 좋았던 거야, 자신만의 세상에 있는 것이……. 그러다가 기도로 너무 많은 물이 유입된 거지. 난 실려 온 아이의 머리가 젖어 있는데도 천식이라고만 생각했어. 아무도 나에게 의료사고라고 말하지 않았지만 이건 명백한 의료사고야. 다른 사람보다 훨씬 정확히 환자의 상태를 파악할 수 있는 위치에 있었는데도 아무것도 하지 못했어. 그 일이 있고 나서 정말 죽을 생각도 했고 술에 미쳐 살기도 했었지. 그리고 방황하다가 눈을 떠보니 여기더군. 그동안 방치해 둔 재산을 긁어모아 보니까 작은 의원 하나 개업할 돈이 생기더라고. 그래서 겉이 아니라 속을 살펴보는 사람이 되겠다고 다짐했어. 남의 속을 보려면 내 속을 보이는 것이 가장 쉬운 방법이라는 것도 깨달았지. 자, 이제 내 속을 보여줬으니 너의 속을 보여주겠어? 그래야 한 명이라도 더 살릴 수 있어."

석영은 천천히 일지의 앞부분을 보여 주었다. 이 의사는 의지할 만한 세 번째 어른이 될 것이다. 이익수는 유능한 의사답게 일지를 거침없이 읽었다.

"이게 가능한 일인가? 저 누워 있는 학생을 보니 가능한 일인 것 같기는 하지만, 지금 이렇게 된 아이는 저 아이 하나인가?"

"캠프 참가 인원이 천 명이었으니까 몇 백 명은 될 겁니다. 그리고 지금 부작용 때문에 다른 아이들에 대한 공격성이 커졌습니다. 빨리 조치를 취해야 합니다." 석영이 대답했다.

"지금 여기는 그럴 만한 자원이 없어." 의사는 민 소령을 바라보았다. "소령님 이건 중앙의 도움을 좀 받아야 할 것 같습니다. 이런 작은 병원에서 해결할 수 있는 문제가 아니에요."

석영이 나섰다.

"선생님. 선생님은 잘 아실 겁니다. 이런 약이, 아니 기생충이 퍼지게 되면 어떤 결과가 일어날지요. 선생님께서 말씀하신 중앙이 어디인지는 모르겠는데 믿으실 수 있습니까? 저희에게는 선생님이 유일한 희망입니다."

익수는 석영을 가만히 바라보았다.

"약이 모자라, 약이……. 가만있자." 갑자기 생각난 듯 익수는 일지를 펼쳤다. "그래 이 약은 동물용 구충제로 대치할 수 있을 것 같은데. 농도 조절이 문제이긴 하지만. 여긴 섬이라도 농촌 지역이 많으니까 빨리 움직이면 가능할 것 같네. 그리고 학생, 내가 유일한 희망은 아니야. 아마도 세상에는 그럴듯하게 생각할 줄 아는 사람이 꽤 많을 걸세." 익수는 민 소령을 보았다. "빨리 약이나 구하러 갑시다."

19.
신이 이겼다는 선언

To claim the victory Jesus won

1989년 7월 30일(일요일) 10:20

문틈은 점점 크게 벌어지고 있었다. 그리고 규칙적으로 한 치의 오차도 없이 쿵쿵거리며 문에 부딪치는 소리는 옥상의 아이들을 노이로제에 걸리게 할 정도였다. 문이 벌어지면 다시 밀어서 다른 무엇인가로 받쳤다.

"들어오기만 해봐! 전부 박살을 내 버릴 테니까."

아이들은 이를 악물고 손에 무기가 될 만한 것들을 들었다. 살아남는다는 목적을 가진 아이들의 눈에는 살기가 번뜩였다.

유선이 아이들 앞으로 나섰다.

"싸우면 안 돼. 벌써 많은 아이가 다쳤고, 또…… 목숨을 잃은 아이도 있어. 지금 상태로 우리가 싸우면 상상할 수도 없는 희생자가 나올 거야. 잊지 않았지? 저기 밖에 있는 아이들도 우리와 똑같은 아이들이야. 더 이상 서로를 다치게 하면 안 돼."

"그러면 어쩌자고 그냥 이대로 다 당하자고?"

아이들은 심하게 반발했다.

유선은 땅을 한 번 내려다보았다. 그리고 결심한 듯 정면을 향해 서면서 말했다.

"아니, 우리가 변해야지. 우리가 저 아이들처럼 변하면 돼. 내가 변해 봤는데 깨어날 때 기분이 더러운 것 빼고는 괜찮아. 감염된 아이들은 자기들끼리는 공격하지 않잖아. 우리도 감염되는 거야. 그리고 우리 대표 한 명이 아이컨택을 하면 다른 사람에게 조종당하지도 않을 거야."

"어떻게? 현웅이에게 다 한 번씩 물리자는 거야? 대표는 누가 하고? 우리가 변하고 나서 치료해 줄 계획은 있는 거야?" 충걸이 고개를 절래절래 흔들며 말했다.

"대표는 누가 돼도 상관없어. 그리고 현웅이도 상처에 피가 튀어서 감염된 거야. 아마도 상처에 감염된 사람의 침이나 피 같은 것이 들어가면 감염되는 것 같아. 작은 상처를 내고 현웅의 피나 타액을 조금씩 묻히면 감염될 수 있을 거야. 그리고 난 지금 해독제를 구하러 밖에 나간 아이들을 믿어. 그리고 믿어야 하고. 희망을 놓아 버리면 우린 더 이상 인간이라는 존재가 아니게 될 거야."

아이들은 웅성거렸다. 그냥 맞붙어 싸우자는 의견도 있었고, 감염이 돼 버리자는 의견도 있었다.

"음……. 난 한 번도 네 말에 찬성한 적이 없지만, 이번만은 네 말이 맞는 것 같다." 충걸이 앞으로 나서며 아이들에게 이야기했다. "난 저 아이들과도 지금까지 싸워왔어. 그리고 저 아이들과 맞서 싸우는 건 별로 무섭지 않은데, 죽기는 싫어. 너희도 봤겠지만 효상이는……."

충걸은 잠시 말을 멈추고 고개를 숙였다. 그에게도 친구의 죽음은 쉽게 말할 수 있는 게 아니었다. 충걸이 말을 이었다.

"죽은 것 같다. 효상이가 너희에게 어떻게 보였을지 모르지만 가까이에서 나를 지켜준 친구였어. 그런 친구가 죽는 것을 보니, 비겁해 보이지만 죽는다는 것이 더욱 무서워졌어. 지금까지 저 아이들은 그냥 짐승 같은 느낌이었는데……. 그런데 효상이를 죽인 그 보좌관은 목숨까지 노리는 것 같아. 그놈이 문제야. 남에게 조종당하는 것은 싫지만…… 죽기보다 싫은 것은 아니야. 난 살아남는 쪽을 선택하겠어."

"그러면 누가 대표를 하지? 누군가 아이컨택을 해야 저 보좌관이라는 사람에게 조종을 안 당할 거 아냐?"

"그동안의 경력이 있으니까 충걸이가 대표를 해야지."

같이 올라온 충걸의 패거리가 예상대로 소리쳤다. 충걸은 이 상황에서도 기분이 좋은지 입을 씰룩거렸다.

"아니 난 반대야."

충걸의 얼굴이 급속히 굳어졌다. 반대를 한 사람도 충걸의 패거리 중 하나였기 때문이다. 배영호란 이름의 아이였다. 충걸의 패거리와 항상 함께 다니지만 그리 눈에 띄지는 않던 아이다.

"모두 알다시피 이 바이러스인지 기생충에 감염되면 한 사람의 말을 절대적으로 듣게 된다며? 그동안 충걸이 우리에게, 그리고 다른 사람에게 했던 짓을 생각해봐. 충걸이가 대표가 된다면 우린 그 순간부터 도구가 될 거야. 우리를 다 감염시켜 놓고 자신만 살려고 우리를 앞장세울지도 몰라. 물론 지금까지 나도 충걸이에게 뭐라도 얻어 보려고 아부를 하면서 따라다녔지만, 지금은 안 되겠어. 난 유선이를 추천한다. 유선이는 지금 이 상황에서도 저 괴물 같은 아이들이 다치지 않기를 바라고 있어. 누군가를 믿어야 한다면 유선이를 믿을 거야. 너희도 잘 생각해봐. 누가 우리를 위해 줄 사람인지."

충걸은 생각지도 못했는지 눈까지 부들부들 떨었다.

"나도 유선이를 믿을래. 유선이가 우리를 걱정하는 마음은 진심인 것 같아."

"나도."

"나도."

아이들은 영호의 의견에 동조했다. 그리고 아이컨택을 해줄 대표로 유선을 추대했다.

위급한 순간에는 진심이 통하는 법이다. 유선은 자신을 뽑아 주었기 때문이 아니라 최선의 선택을 해 준 아이들이 고마웠다. 충걸은 처음으로 유선에서 진 것이 분하고 억울했지만 지금은 찬성할 수밖에 없었다.

"내가 대표 시켜달라고 한 적 있어? 쓸데없는 소리하지 마." 충걸은 퉁을 났다.

옥상문에서는 예의 둔탁한 리듬의 소리가 울려 퍼지고 있었다.

"누구 날카로운 것 가진 것 없니?"

유선이 물어보았다.

"어, 여기 필통에 연필깎이 칼이 있는데." 한 아이가 대답했다.

"넌 여기 공부하러 왔냐? 웬 필통은 가지고 올라왔어?" 또다른 아이가 말했다.

"그냥 급해도 가방은 들고 뛰어야 할 것 같아서……. 그런데 신발은 안 신고 왔네."

멋쩍게 웃는 아이는 맨발이었다. 가방은 움켜쥐고 있으면서도 맨발인 아이의 발가락이 꼼지락거렸다. 모처럼 아이들의 얼굴에 웃음이 번졌다. 누가 발가락만 꼼지락거려도 웃음이 터지는 아이들은, 아직 아이들인 것이다.

유선은 칼을 받아 쥐었다. 그리고 현웅에게 다가갔다.

"현웅아 미안. 네가 어떤 생각을 하고 있는지는 모르겠지만 너에게 상처를 좀 내야겠어."

현웅은 멍한 얼굴로 유선을 쳐다보았다. 유선은 현웅의 새끼손가락에 상처를 냈다. 피가 떨어졌다. 유선은 얼굴을 찡그렸다.

"자 한 명씩 앞으로 나와."

아이들은 머뭇거렸다. 목숨이 왔다 갔다 하는 상황에서도 작은 상처를 내는 것이 망설여지는 모양이다. 충걸이 앞장섰다.

"내 뒤로 줄을 서!"

충걸이 맨 앞으로 나오자, 충걸의 패거리가 뒤를 이었고, 남은 아이들이 쭈뼛거리며 줄을 섰다.

충걸은 손을 내밀었다. 유선은 충걸의 새끼손가락에 상처를 내고 현웅의 새끼손가락에 갖다 댔다. 충걸은 인상을 조금 쓰더니 유선을 껴안았다. 오빠로서 동생을 못 껴안을 것도 없지만 철이 들고 난 후부터는 한 번도 이런 행동을 보인 적이 없었다. 충걸은 유선의 귀에 대고 속삭였다.

"넌 절대 감염돼서는 안 돼. 넌 해야 할 일이 있어. 대표가 된 이상 이것은 너의 의무야."

유선은 당황했다.

"무슨 의무?"

"넌 보좌관을 없애야 해. 우리가 다 감염되고 나면 보좌관에게는 사냥감이 없어지지. 그러면 이 학교 밖으로 나가려 할 거야. 보좌관만 없으면 이 아이들은 밖으로 나갈 방법을 찾지 못하겠지. 하지만 보좌관이 있다면 상황은 달라. 네 말대로 이 아이들을 보호하려면 보좌관을 없애야 해. 잔인하지. 그게 대표가 짊어져야 할 의무야."

충걸은 유선과의 포옹을 풀었다. 유선은 손이 떨리는 것을 느꼈다. 다음 아이가 다가와서 손을 내밀었다. 유선은 떨리는 손으로 아이의 손에 상처를 냈다. 생각보다 상처가 크게 나서 피가 흘렀다.

"아얏!"

아이의 외침 소리에 유선은 정신을 차렸다.

아이와 현웅의 손가락을 맞대 주었다. 그러자 아이는 충걸이 유선을 껴안은 것이 하나의 의식인 줄 알았는지 유선을 꼭 껴안았다. 유선은 당황했지만 아이들의 불안한 마음을 달래 주고 싶어서 같이 껴안아 주었다.

다음 아이도, 다음 아이도. 유선은 한 아이와 감염 의식을 치를 때마다 꼭 껴안았다. 울음을 터트리는 아이도 있었다.

다급하고 위급한 상황에서 그 짧은 포옹은 서로에게 위안이었다. 그리고 유선에게는 이 아이들을 꼭 지켜 줘야 한다는 결심을 더욱 다지게 하는 힘이 되었다.

모든 아이가 서로 피를 나눈 후 한자리에 모였다.

"조금 있으면 몸이 조금 이상하다고 느낄 거야. 사람마다 조금씩 감염되는 시기가 달라. 약간 눈앞이 아득해지는 느낌이 들고 몸이 무거워지면 손을 들어 줘. 나와 아이컨택을 해야 해."

유선은 현웅을 묶어 놓은 줄을 풀어 주었다. 그리고 기다렸다. 보좌관에게 조종당하는 아이들은 규칙적으로 문을 두드렸다. 소리가 아까와는 조금 달랐다. 경첩이 부서지기 시작했는지 문의 위쪽 전체가 들썩이며 삐걱였다.

첫 번째 아이가 손을 들었다.

"이 기분이 맞는지 모르겠는데, 기분이 좀 이상해. 몸이 무겁고 처지는 기분이야. 숨이 막히는 것도 같고."

유선이 다가가서 위로했다.

"안심해. 우리가 있잖아."

그 순간 아이의 눈빛이 붉은색으로 변해갔다. 유선은 아이의 얼굴을 붙잡고 눈을 맞췄다.

"이제부터는 내 말을 들어줘."

또 다른 아이가 손을 들었다. 유선은 달려갔다. 그리고 눈을 맞췄다. 아이들은 한 명씩 한 명씩 계속 손을 들었다. 한 명이라도 놓치면 안 된다. 동시에 손을 든 아이들을 한곳에 모아놓고 눈을 맞췄다. 다행히 아이들이 유선의 눈을 보고 있으면 아이컨택은 성공하는 모양이었다. 이미 그렁그렁 눈물이 맺혀 있던 아이의 붉은 눈동자에서 눈물이 흘러내렸다. 그렇게 충걸도 유선과 눈을 맞췄다. 유선은 충걸과 눈을 맞춰본 기억이 거의 없었다. 이런 상황이 돼야 겨우 맞춰 볼 수 있다니.

한때 유선은 아이들이 제발 자신의 말을 들어줬으면 하고 바랐다. 언제나 충걸과 경쟁하며, 충걸을 이기려고, 자신만 믿고 따르는 사람을 만들고 싶었다. 하지만 그 계획은 충걸의 방해로 번번이 빗나갔다. 유선과는 무슨 악연인지 친한 친구 몇 명만 모여도 어떻게든 그 아이들과의 사이에 끼어들어 소원하게 만들었다.

바람이 불었다. 유선의 머리가 바람에 날려서 얼굴을 덮었다. 유선은 머리를 쓸어 올렸다. 그리고 문 쪽에서 뭔가 부서지는 소리가 났다.

자신도 모르게 자조 섞인 한숨이 나왔다.

"휴, 이런 걸 바란 게 아니었는데."

1989년 7월 30일(일요일) 10:30

민태영 소령은 존경받는 상관이었다. 군인답지 않은 너그러운 태도로 사병 하나하나 사정을 직접 들어주는 상관이기 때문일 것이다. 처음에는 어려워하던 사병들도 차차 소령의 인품을 알아보고 집에 두고 온 부모인 양 따랐다.

정하균 하사는 군대에 이런 사람이 있구나, 하며 매우 감동했고 평생 따라야 할 사람으로 여겼다. 그런 민 소령이 오늘은 아주 특이한 명령을 내렸다. 안면교를 봉쇄하라는 것이었다. 전투부대도 아닌 레이더부대라서 이런 임무는 해본 적이 없다. 그것도 외부에서 전화로 명령을 내렸다. 안보 문제가 직결돼 있다는 부연 설명이 있었을 뿐이었다. 관광객이나 일반인이 밖으로 나가는 것은 통제하지 말고 외부 인사가 섬에 들어오는 것은 적극 통제하라고 했다. 안면교 경비는 원래 내륙 쪽에 초소를 두고 있는 헌병 부대 관할이다.

일요일이라 놀러 오는 사람도 많을 텐데, 하며 걱정했지만 정 하사의 분대는 안면교의 섬 쪽에 바리케이드를 쳤다. 육지 쪽에 있는 초소에서 이상하게 생각한 듯 헌병 한 명이 섬 쪽으로 건너왔다.

하사 계급장을 달고 있었으나 원래 헌병들은 계급장을 높여 다는 것으로 유명하니 잘해야 상병 정도 되었을 것이다.

정 하사는 물어보았다.

"무슨 일이십니까?"

헌병은 오히려 이상하다는 듯이 반문했다.

"안면교는 원래 저희 관할인데, 무슨 일이십니까?"

"보안 문제로 다리를 통제하라는 명령을 받았습니다. 헌병대와는 상관없이 안면도로 넘어오는 사람들만 이쪽에서 통제하겠습니다."

"그런 보고 받은 적 없습니다. 일단 상부와 연락해 보고 다시 오겠습니다."

헌병은 돌아갔다. 정 하사는 실탄으로 무장하되 교전은 적극적으로 피하라는 민 소령의 명령이 조금 불안했다. 다시 말하자면 교전도 불사하라는 말처럼 들렸기 때문이다. 하지만 민 소령을 믿기로 한 마음을 끝까지 가지고 가기로 했다.

레이더부대의 한상식 소위도 이상한 임무를 부여받았다. 두 개 분대와 트럭 한 대를 끌고 다니면서 섬 전체의 경찰을 무장 해제하고 신분을 확보하라는 명령이었다. 역시 이유는 보안이었다. 소위의 머릿속은 복잡했다. 군인이 경찰을 체포하는 이유는 하나밖에 없다. 내란이거나 간첩! 그런데 섬에 있는 경찰을 다 체포하라니. 그것도 신속 정확하게, 서로 무전 연락을 할 수 없도록 '단호하게'라고도 덧붙였다. 무장한 두 개 분대 정도면 경찰을 제압할 인원으로 충분하기는 하지만 이런 임무는 육지에서 전투부대가 파견 나와서 해야 할 일이 아닌가 싶었다. 아무리 생각해도 이상했다. 하지만 민 소령은 기밀과 보안을 거듭 강조했다. 상부에 보고할까 하다 가 그렇게 생각 없는 분은 아니라는 판단에서 일단 그 말을 따르기로 했다. 마침 앞에 경찰차 한 대가 보였다.

경찰차는 순찰 중인지 매우 느긋하게 움직였다. 군용 트럭 은 속력을 냈다. 좁은 곳이라 경찰차가 길을 비켜 줘야 군용 트럭이 앞으로 지나갈 수 있다. 트럭은 상향등을 비췄다. 경 찰차는 약간 옆으로 비키며 먼저 지나가라는 듯 창문으로 손 을 빼서 신호를 보냈다.

트럭은 경찰차를 추월하자마자 길을 막고 정차했다. 곧바 로 뒷자리에 앉아 있던 무장한 분대원이 뛰어내려서 사격 자 세를 취한 채 경찰차를 포위했다. 경찰들은 당황한 듯했다. 차창 밖으로도 커다래진 눈이 보였다. 경찰이 무전기에 손을 대는 순간 한상식 소위가 문을 열고 말했다.

"무전기에서 손 내려놓으시죠. 긴급명령으로 두 분을 잠시 구금하겠습니다."

"무슨 소리예요?"

경찰은 잠시 반항했으나 서슬 퍼런 군인들의 총구 앞에 순 순히 끌려 나올 수밖에 없었다. 한상식 소위는 경찰차를 한쪽 구석에 잘 주차한 다음 가장 가까이 있는 파출소로 향했다.

20.
일요일
Sunday

1989년 7월 30일(일요일) 10:50

상훈의 팔에 권총 모양의 고압주사기가 닿았다. 의사가 방아쇠를 당기자 픽하는 소리와 함께 약이 주입됐다. 몇 초가 흐르자 상훈은 의식을 잃었다.

"잘못되는 건 아니겠죠?"

석영은 불안했다. 의사는 아무 말이 없었다. 가만히 상훈을 지켜볼 뿐이었다. 지금 주사된 약은 실험일지를 근거로 이익수 의사가 동물용 구충제를 배합해서 만든 것이다. 피하주사가 효과가 빠를 것 같다는 이익수의 판단이 있었고, 또 대량으로 주사를 놔야 하기 때문에 권총형 고압주사기를 선택했다. 고압주사기는 가스와 약품을 채우면 최대 삼천 번이나 주사할 수 있었다. 삼천 번까지는 필요 없지만 병원과 부대 의무반에도 이런 물건이 있는 건 다행이었다.

"아, 머리야. 이런 기분이었구나."

상훈이 눈을 떴다. 눈빛이 정상이었다. 제대로 돌아온 것 같았다.

"망할 자식! 사고를 치고도 자기는 이렇게 아무 기억도 못하다니."

석영은 상훈이 반가웠다. 이제 희망이 보이기 시작한 것이다. 상훈은 사방을 둘러보았다. 익숙지 않은 분위기일 것이다. 군인으로 보이는 사람이 자신을 내려다보고 있고 권총 같은 것을 손에 쥔 의사도 보이니 말이다.

"어떻게 된 거야? 다 해결된 거야?" 상훈이 물었다.

"아니. 해결은 무슨. 지금부터 해결하러 가야 해. 천 명분의 약을 만들어서 빨리 치료해 줘야지. 학교 안의 상황은 별로 좋지 않아."

"이분들은……?"

"다 믿을 만한 분들이셔. 그리고 유일하게, 아니 유이하게 우리를 도와줄 수 있는 분들이고."

민태영 소령이 앞으로 나서며 안심을 주려고 웃었다.

"덕분에 내 전역이 앞당겨질 것 같네. 자네 아버지에게 소주 한 잔 사겠다고 한 약속은 취소야. 내가 얻어먹어야 할 것 같아."

이번에 이익수 의사가 앞으로 나섰다.

"빨리 약을 만들어야 해. 소령님이 끌어줄 수 있는 시간도 한계가 있으니 오늘 오후까지는 모든 것을 해결해야 해." 이익수는 그렇게 말하고는 민 소령을 쳐다보았다. "그리고 누구를 이야기하는지 모르겠지만 소주 한 잔 드실 때 저도 꼭 불러 주십쇼."

두 명의 어른과 두 명의 학생은 주변 보건소와 약국 등에서 모아온 약들을 가지고 아이들을 구원해 줄 약을 조제하기 시작했다.

1989년 7월 30일 (일요일) 11:00

태양은 이제 거의 머리 꼭대기까지 떠올랐다. 그림자는 짧아지고 남은 시간도 그림자만큼 짧았다.

옥상문은 무너졌다. 유일하게 남은 사냥감인 유선을 향해 아이들이 한 발짝씩 다가왔다. 유선이 빠져나갈 수 없도록 진을 치는 것 같았다.

"미안해. 얘들아. 너희가 나를 지켜 줘야겠어."

유선도 혼자는 아니었다. 아이컨택된 수십 명의 친위대가 있었다. 아이컨택된 아이들은 감염된 아이들이 유선에게 접근하지 못하도록 막아섰다. 옥상에서 힘겨루기가 벌어졌다.

유선에게 접근하려는 아이들과 유선을 막아선 아이들. 두 무리의 아이들은 서로를 물거나 때리지 않았지만 머리를 맞대고, 가슴을 맞대고, 숨을 헐떡거리며 치열하게 힘겨루기를 했다. 마치 수십, 수백의 아이들이 엉켜서 장난을 치는 것처럼 보였다. 하지만 잡으려는 자와 막으려는 자의 잔인한 싸움이다. 옥상으로 아이들이 계속 올라올 것이기 때문에 유선을 지키는 아이들 쪽이 밀리는 것은 시간문제였다.

유선은 현재를 찾아야 했다. 이 싸움을 멈출 수 있는 유일한 방법이다. 현재를 멈추고 자신도 감염돼 버리면 그 이후의 일은 밖에 나가 있는 석영과 상훈이 해결할 문제였다.

두 패의 감염된 아이들이 힘겨루기를 하는 동안 유선은 소방호스를 물탱크에 단단히 묶었다. 혼자 힘만으로 줄을 타고 아래로 내려갈 수 있을지 걱정은 됐다. 남은 사람이 자신이 아니라 현웅이었으면 더 좋았을 텐데, 하는 생각이 들었다. 아니 현웅이 아니라 충걸이만 되었어도 좋았을 텐데, 하는 생각도 잠시 들었다. 하지만 자신을 믿고 기꺼이 감염돼준 아이들을 위해 용기를 내야 했다.

호스를 붙잡고 한 발을 옥상 밖으로 내밀었다. 조금씩 조금씩 줄을 타고 내려갔다. 아직도 4층인데 팔이 벌써 덜덜 떨렸다. 얼마나 내려왔나 하고 아래를 바라보자 다리도 떨렸다. 줄을 타고 내려오는 것을 텔레비전에서나 봤지 실제로 해본 적은 당연히 없었다. 텔레비전에서 본 것처럼 허리에 줄을 감기는 했는데 오히려 불편했다. 보좌관은 과연 어디에 있을까? 보좌관이 지휘관이 맞는다면 – 그리고 맞아야 한다 – 가장 뒤에서 지휘하고 있을 것이다. 그러려면 1층까지 내려가야 한다.

1989년 7월 30일 (일요일) 11:20

옥상에 있는 아이들은 냄새가 아래로 이동한다는 것을 알았다. 냄새가 멀어지고 있었기 때문이다. 일반적인 상황이라면 힘겨루기를 끝내고 밑으로 내려갔을 것이다. 하지만 그럴 수 없었다. 옥상으로 올라가라는 심상이 밑에서 계속 전달돼 왔기 때문이다. 감염된 아이들의 의사 전달 방식은 도미노와 같다. 하나의 심상이 주위로, 주위로 냄새를 통해 퍼져 나간다. 그 최초의 심상을 전달하는 것은 현재다. 그리고 현재는 아이들이 거꾸로 전달하는 심상도 느꼈다.

냄새가 아래로 향한다는 본능적 심상이 가장 앞에서 힘겨루기를 하고 있는 아이의 머리에 떠올랐다. 그 생각은 미약하게나마 파도를 탔다. '신선한 고기가 아래쪽으로 간다.' 아래쪽으로.

현재는 위의 상황을 모르고 있었다. 냄새가 약해지기는 했지만 분명 살아 있는 모든 고기가 옥상으로 올라간 것을 보았다. 현재는 본능을 따르면서 동시에 상황을 파악하는 인간의 능력이 아주 조금 남아 있었다. 그 조금의 능력이 있었기에 현재가 이들을 조종할 수 있었다. 본능만으로 행동했다면 현재도 분명 냄새를 쫓았을 것이다. '위로. 위로.' 현재는 계속해서 심상을 보냈다.

희미한 심상 하나가 전달돼 왔다. '아래로 간다. 아래로 간다.' 판단과 본능이 부딪쳤다. 1층 계단참에서 위를 보고 있던 현재는 신선한 냄새에 이끌렸다. '뒤쪽이다. 뒤에서 냄새가 난다.'

위로 올라가던 아이들이 주춤했다. 현재가 보내오는 심상이 혼란스러웠기 때문이다. 현재는 신선한 냄새가 빠르게 다가오는 것을 느꼈다. 약간의 꽃향기도 섞여 있었다. 현재는 뒤를 돌아보았다. 신선한 냄새를 풍기는 아이가 두 손에 몽둥이를 부여잡고 달려오고 있었다. 아이는 눈을 똑바로 뜨고 이를 악물었다. 아이는 빨랐다. 모든 의지를 담은 소녀의 몽둥이가 현재의 머리를 강타했다.

이마가 살짝 찢어졌다. 피가 흘렀다. 기생충에게 산소와 양분을 빼앗긴 피는 맑지 않았다. 끈적끈적한 피가 현재의 얼굴에 흘러내렸다. 현재는 소녀를 잡으려 했다. 그리고 소녀를 잡아야 한다는 분노의 심상을 내뿜었다.

소녀는 뒤로 돌아 달려 나갔다. 현재는 아니, 벌레는 온몸의 아드레날린을 끌어모았다. 꼭 잡아야 한다. 아드레날린이 한계치까지 끌어올려지자 현재는 달리지는 못하더라도 보통 사람만큼은 걸을 수 있었다.

최대한 빨리 움직여 운동장으로 나갔을 때 눈에 햇볕이 쏟아져 들어왔고 소녀는 보이지 않았다. 냄새도 멀어졌다. 아니 가까워지고 있나? 이렇게 빨리?

현재의 눈앞으로 검은색 승용차가 달려 오고 있었다. 마치 눈에 불을 켠 듯한 그 승용차는 조금의 망설임도 없이 현재를 받아버리고 나서야 멈췄다.

차에서 내리는 소녀의 모습이 몇 미터를 날아간 현재가 본 마지막 장면이었다. 곧 현재는 앞이 보이지 않았다. 그리고 현재의 심장은 벌레가 대책을 세우기도 전에 멈춰 버렸다.

벌레는 심장이 더 이상 피를 공급하지 못하자, 다른 숙주를 찾으려 했다. 하지만 벌레의 최대 약점은 숙주가 움직여야 다른 숙주로 옮겨갈 수 있다는 것이었다. 몇 미터 앞에 소녀가 있었지만, 현재의 몸 밖으로 나온 벌레는 단 몇 센티미터도 이동하지 못한 채 뜨거운 햇볕 아래서 사라져 버렸다.

1989년 7월 30일(일요일) 11:12

유선은 1층까지 어떻게 내려왔는지도 몰랐다. 두 팔은 벌벌 떨리고 있었다. 이 손으로 어떻게 현재를 물리쳐야 할지도 몰랐다. 현재를 그저 기절만 시키는 것으로는 문제를 해결할 수 없다. 깨어나면 다시 애들을 지배할 것이다. 그렇다면 심장을 멈춰야 한다. 유선은 혹시 현재가 심장을 물려서 돌연변이가 된 것이 아닌가 하고 의심하고 있었기 때문에, 그 의심을 확신으로 바꾸었다.

그때 주머니에 들어 있는 열쇠가 손에 잡혔다. 운동장에 있는 그랜저 한 대도 눈에 보였다. 저걸 이용하면 될까? 현재만 밖으로 유도할 수 있다면 가능했다.

유선은 널브러져 있는 몽둥이 하나를 손에 들고 그랜저로 달려가며 생각했다.

'그때 운전사 아저씨가 뭐라고 했더라? 클러치를 밟고 기어를 넣고, 그 다음에 발을 떼며 액셀을 밟는다고 했나?'

1989년 7월 30일(일요일) 11:40

정하균 하사의 눈에 안면교를 넘어오고 있는 고급 승용차 두 대와 승합차 세 대가 보였다. 정 하사는 차량에 정지 신호를 보냈다. 앞 차의 창문이 열렸다. 양복을 입은 사람이 운전하고 있었다.

"국회의장님과 기자들 차량이야. 무슨 일인지는 모르지만 빨리 저거 치우고 길을 비켜."

운전사는 정 하사보다 나이가 많아 보이기는 했다. 그래도 다짜고짜 반말로 이야기하는 것이 기분을 상하게 했다.

"비상 상황입니다. 섬에 들어오실 수 없습니다. 지시가 있을 때까지 다리 반대편에서 기다려 주시기 바랍니다."

"빨리 비키지 못해? 국회의장님이시라고! 버르장머리 없이 말이야."

운전사는 위협하듯 엔진 소리를 크게 냈다. 정 하사는 이런 인간이 정말 싫었다. 아버지가 부자이면 자기도 부자라고 생각하는 아들. 윗사람이 고위직이면 자기가 목에 힘을 주는 수행원. 심지어 사단 본부에 가면 사단장을 모시는 당번병도 목에 힘을 주고 다녔다. 모든 것은 자신이 책임진다고 한 민 소령의 말이 떠올랐다.

"거총!"

정 하사의 명령에 따라 분대원들이 총을 잡았다. 수행원도 아연실색했다. 눈앞에 총구가 있는데 흔들리지 않을 사람은 없다. 실제 총알이 들었는지 안 들었는지 확인할 용기 같은 건 낼 수 없을 것이다.

뒤쪽에서 한 남자가 차에서 내려 카메라 셔터를 눌렀다.

"지금 여러분의 안전을 책임질 수 없습니다. 그대로 뒤로 돌아가십시오. 현재 비상사태입니다. 협박하는 것이 아니라 실제 탄약이 지급되었으니 상황을 위험하게 만들지 말아 주시기 바랍니다."

협박이 아닌 게 아니었다.

한 노인이 차에서 내렸다. 국회의장일 것이다.

"무슨 짓이야? 내가 모르는 비상사태가 도대체 뭐란 말인가?"

"저도 알 수 없습니다. 전 명령에 따르는 군인일 뿐입니다. 죄송하지만 의장님은 군과는 무관한 분이십니다. 저는 의장님이 아니라 제 상관의 명령에 따릅니다. 다시 한 번 말씀드립니다. 지금 바로 돌아가시지 않으면 지시에 따라 강제 연행하겠습니다."

의장은 씩씩거리다가 차로 다시 들어갔다.

"차 돌려!"

눈치를 보던 수행원이 정 하사를 쳐다보았다.

"일단 섬으로 들어가야 차를 돌릴 것 아닙니까? 여기서 어떻게 차를 돌립니까?"

처음에는 반말을 하던 수행원이 어느새 정 하사에게 존대를 하고 있었다.

"그대로 후진으로 나가십시오. 섬에 절대로 들여보낼 수 없습니다."

들어온 순서와는 반대로, 가장 뒤의 승합차부터 후진으로 다리를 빠져나갔다.

다리를 건너간 영걸은 육지 쪽에 있는 헌병대 초소에 들어갔다. 헌병들은 깜짝 놀라 엉겁결에 경례를 했다. 영걸은 자신이 대장이라도 된 것인 양 호통을 쳤다.

"무슨 일인가? 이런 상황이 있었으면 이쪽에서 미리 알려 줬어야 하는 것 아닌가?"

헌병들은 기가 죽었다. 국회의장이라는 소리를 미리 들었기 때문에 자연히 기가 죽을 수밖에 없었다.

"저희도 섬 쪽이 무슨 상황인지 모릅니다. 저희 부대에서도 아무 연락을 받은 것이 없다고 합니다. 상황 파악 중이라고 하는데 저기를 지키고 있는 것이 어느 부대인지도 명확지 않고……."

정 하사와 분대원들은 민태영 소령의 지시에 따라 부대마크와 이름표를 제거하고 나왔다. 그래서 헌병대에서도 어느 부대인지 정확히 알지 못했다. 다만 섬에 주둔하고 있는 부대는 레이더중대 하나밖에 없기에 그 부대일 것이라고 추측만 하고 있는 상태였다.

영걸은 안 그래도 오전부터 상황이 마음에 들지 않았다. 정치 캠프 폐막일인데 담당자와 전화 연락이 되지 않았다.

신호는 계속 가는데 아무도 전화를 받지 않았다. 행사 중이라 전화를 받지 못한다손 치더라도 아침에 보고는 왔어야 한다. 보고도 없었다. 이현재 보좌관이 그럴 사람이 아니었기 때문에 더욱 불쾌하고 불안했다. 이제 섬에 들어가는 것조차 막히고 나니 분통이 터졌다.

마침 관광객으로 보이는 차량이 섬에서 나오고 있었다.

영걸은 급한 성격을 참지 못하고 초소에서 뛰쳐나와 직접 차를 세웠다. 그리고 안에서 무슨 일이 벌어지고 있는지 관광객에게 물어봤다.

"글쎄요. 잘 모르겠는데 관광객이라고 하니까 그냥 통과시켜 줬는데요. 얼마 전에 그 여대생이 북으로 넘어간 것 때문에 비상이 걸려서 그렇다고 하는 이야기도 있고 잘 모르겠어요."

옆에 타고 있던 부인인지 애인인지 모르겠는 분위기의 여자가 말을 덧붙였다.

"무장공비 소탕작전이라고 다리 너머에 있던 가게 아저씨가 그러던걸?"

"안면도에 무슨 무장공비야?"

두 남녀는 자기들끼리 의견을 주고받았다.

차량을 보내고 나서 영걸은 더 헷갈렸다. 도대체 무슨 일이야? 무장공비? 그런 이야기는 듣지도 못했다. 시국이 어수선한 이때 무리하게 캠프를 진행해서 여론도 좋지 않은데 사고까지 생기면 정말 큰 타격이다. 이현재 이놈이 문제다. 캠프 기안까지는 좋았는데, 실제 준비가 엉망이었다. 책임을 물을 작정이다.

기자들은 물 만난 고기처럼 승합차에서 내려 사진을 찍고 뭔가를 수첩에 적고 있었다. 영걸은 수행원에게 기사 송출을 막으라고 지시했다.

"여러분들. 지금 상황을 파악하고 있으니 그때까지 엠바고 부탁드립니다. 군이 관련된 민감한 상황이라서요. 아직 폐막까지는 시간이 많이 남았으니까 그전에는 통금이 풀릴 겁니다. 잠시만 기다리시죠?"

수행원들이 기자들을 달랬다.

영걸은 차에 돌아와 카폰을 잡았다. 무슨 일인지 알아봐야겠다고 생각했다. 그러나 다시 카폰을 내려놓았다. 자동차 가격만큼 주고 설치한 카폰인데 이 근처에서는 신호가 떨어지지 않았다. 헌병대 연락망을 사용할까 했으나 지금 섣불리 상황을 알렸다가는 모든 책임을 뒤집어쓸 수 있다. 조금만 더 생각을 해야 한다. 아무래도 캠프 쪽이 찜찜했다.

1989년 7월 30일 (일요일) 12:35

유선은 달리고 또 달렸다. 아이들은 이전처럼 체계적으로
움직이지 않았다. 보좌관이 쓰러진 이후로 누가 뒤에서 조종
하지는 않는 것 같았다. 자기들 나름대로 비척거리며 유선을
쫓았다. 유선은 계속 피해 다녔지만 이미 하룻밤을 새웠고
그사이에 아무것도 먹지 못했다. 눈코 뜰 새 없이 벌어지는
사건의 파도에 휩쓸려 다녔을 뿐이다.

한여름의 태양은 몸속에 있는 물을 모두 가져가 버렸다.
유선은 피가 아니라 물이 필요했다. 아이들에게 잡혀서도 안
됐다. 자신도 감염돼 버리면 모든 것이 깔끔하게 끝나겠지만
저 많은 아이들에게 잡히면 문제다. 한 번씩만 물어도 목숨
이 왔다 갔다 할 판이다. 옥상으로 올라가야 자신의 편을 만
날 수 있는데 건물 안으로 들어갈 수 없었다. 소방호스를 타
고 올라갈 수도 없다. 내려올 때도 목숨을 걸고 내려왔다. 누
가 끌어올려 주기 전에는 불가능하다.

외로웠다. 다가오면 도망가고 다가오면 도망가고의 반복
이다. 포기하고 싶었다. 밖에 나간 석영이가 원망스러웠다.
그 둘을 믿고 지금 몇 시간을 버텼는데, 그리고 그렇게 많은
일들이 있었는데 아직도 그 둘의 모습은 보이지 않는다. 밖
으로 나가 버릴까? 하지만 담 위의 철조망은 햇빛에 반짝이
고 있었고 정문은 자물쇠로 굳게 잠겨 있다. 정문 위쪽에 솟

아 있는 날카로운 창도 문제다. 넘기도 전에 아이들이 다가와 발목을 잡을 것이 뻔했다.

정문? 그래 정문. 정문에는 유일한 유선의 편이 있다. 정문을 지켜달라고 부탁한 아이들. 그 아이들은 묵묵히 문을 지키고 있을 것이다. 유선은 달렸다. 아이들 세 명이 보였다. 역시 아이들은 충직하게 그곳에 서 있었다. 유선은 달려가며 소리쳤다.

"나를 물어 줘. 나를 빨리!"

유선은 팔을 내밀었다. 한 아이가 유선의 팔을 물었다. 자신도 모르게 비명이 터져 나왔다. 살짝 피가 빨리는 느낌이 들었다. 아이컨택이 된 아이라도 피를 원하는 것은 본능인 듯했다. 팔에서 피가 배어 나왔다.

"이제 그만 놔 줘."

아이는 입을 벌렸다. 아이의 붉은 눈빛에 아쉬움이 비치는 것은 착각이었을까? 유선은 팔을 움켜잡았다. 고통을 참기 힘들었다. 아이컨택을 해 줄 사람이 없다는 사실도 유선을 힘들게 했다. 자기도 누군가의 피를 갈구하게 되리란 것이 고통스러웠다. 캡슐을 삼켰을 때보다 더 빨리 증상이 나타났다. 눈앞이 붉게 물드는 느낌이었다. 마지막 순간에 정문 앞으로 사람들이 다가오는 것이 보였다. 서너 명이었다. 그런데 복장이 희한했다. 머리에는 얼굴까지 가리는 투구를 쓰고 한 손에는 방패를 들었다. 그리고 다른 한 손에는 권총 같이 생긴 것을 들고 있었다. 푸른 제복을 입은 그들을 바라보다가 혹시 이것이 환각이 아닌가 하고 생각한 것이 유선의 마지막 의식이었다.

21.
피의 일요일
Bloody Sunday

1989년 7월 30일 (일요일) 13:00

"원래 이렇게 두껍습니까?"

7월의 폭염 아래에서 두꺼운 전투경찰용 진압복을 입은 이익수 의사는 기절할 지경이었다. 희끗희끗한 반백의 머리에 투구까지 쓰고 나니 땀이 비 오듯 흘렀다.

"도대체 이런 걸 왜 가지고 있습니까?"

더워서 그런지 어기적어기적 걷는 이익수 의사의 말투에는 짜증이 배어났다.

"일반 군인도 시위진압 훈련을 합니다. 충정훈련이라고 하는 건데, 그때 사용하는 훈련 도구입니다." 민태영이 대답했다.

민태영 소령과 이익수 의사, 그리고 석영과 상훈은 전투경찰용 진압복을 입고 방패를 들었다. 그리고 바른손에는 권총 모양의 고압주사기를 하나씩 들었다.

부대원을 동원하려고 한 민 소령을 막은 것은 석영이었다. 비밀은 최소한의 사람만이 알고 있는 것이 좋겠다는 의견이었다.

"맙소사."

정문 틈으로 안쪽을 바라보니 수많은 아이들이 휘청대며 걷고 있었다. 정상적으로 보이는 아이는 하나도 없었다. 석영은 걱정스러웠다. 조원들은 어떻게 된 거지?

소령은 가지고 온 쇠지레를 들어 올렸다.

"자, 내가 자물쇠를 부수면 일렬로 서요. 감염된 아이들을 밖으로 나가지 못하게 하는 것이 중요합니다. 아이들이 다가 오면 방패로 막고 다리나 팔에 주사를 쏘세요. 여름이라 아이들 옷차림이 가벼워서 살이 많이 노출돼 있으니까 주사하기는 편할 거예요. 준비됐죠?"

"잠깐만요." 석영이 말렸다.

"무슨 일이냐?"

"혹시 소나 돼지 같은 거 한 마리 구할 수 없을까요? 아이들이 사람이 아니라 짐승한테도 반응하더라고요. 그러니까 소나 돼지를 풀어 놓고 그쪽에 신경 쓰고 있을 때 들어가는 것이 좋지 않을까요?"

"그건 어떻게 알았어?"

상훈이 물어봤다. 석영은 잠시 고민하더니 대답해 줬다.

"사실, 네가 개를 잡아먹는 걸 봤어."

상훈은 갑자기 불쾌한 얼굴이 되더니 한쪽 구석으로 가서 구역질을 했다.

"지금 그럴 시간이 없어. 어디서 가축을 구해 온단 말이냐? 네 말대로 비밀을 지킬 사람들끼리 돌파해 봐야지. 상훈 군. 괜찮나? 괜찮으면 바로 시작하겠네." 민 소령이 말했다.

네 명은 정문 앞에 자리를 잡았다. 소령이 기합을 주며 쇠지레로 맹꽁이 열쇠를 박살냈다. 정문에서 안쪽만 쳐다보는 아이들 세 명에게 먼저 주사했다. 잠시 후 세 명이 쓰러졌다.

운동장 안으로 들어가자 피보다 물이 필요할 것 같은 아이들이 슬슬 다가왔다. 네 명은 아이들에게 둘러싸이지 않도록 적당한 거리를 유지하며, 한 명 씩 주사를 놨다.

'유선이는 어디에 있을까? 감염되지 않았다면 나타날 텐데.'

"석영아 뒤를 조심해!" 상훈이 외쳤다.

잠시 다른 생각을 하는 사이에 뒤쪽으로 누군가 다가온 모양이다.

석영은 재빨리 뒤돌아서 방패로 밀어냈다.

비틀대며 물렀나다가 다시 달려든 건 유선이었다. 팔에서 피를 흘리고 있었다. 감염된 지 얼마 안 된 모양이다. 유선은 아직도 예뻐 보였다. 다행이었다. 혹시라도 감염된 유선을 보게 된다면 감정이 변하지 않을까 걱정도 했었다. 자신을 알아보지 못하고 달려드는 것에 조금 실망했지만 살아 있는 것만으로도 얼마나 다행인지 몰랐다. '혹시 반가워서 달려든 건가?' 하는 쓸데 없는 상상을 하며 석영은 방패로 가로막고 주사를 놨다.

두꺼운 진압복 사이로도 냄새가 나는지 아이들이 하나둘 다가왔다. 동작은 더 느려진 것 같았다. 하나씩 방패로 막고 어깨 혹은 허벅지에 주사했다. 처음 주사를 맞은 아이들이 정신을 차렸다. 유선도 정신을 차렸다.

"유선아. 정신 차린 애들은 한쪽 구석으로 좀 모아 줘. 다시 물리지 않도록 우리 뒤쪽으로 해서 말이야." 석영이 말했다.

유선은 머리를 감싸 쥐고 멍한 얼굴로 잠시 앉아 있다가 곧 상황을 파악했다. 반가운 목소리였다. 유일한 희망이 돌아온 것이다. 유선은 팔이 아픈 것도 잊어버리고 석영에게 달려갔다. 그리고 뒤에서 석영의 몸을 꼭 안았다. 유선은 솟아나는 눈물을 참을 수 없었다.

석영은 기분이 좋아졌다. 어머니를 제외하고 난생처음 여자에게 안겨 본 것이다. 상황이 이렇지만 않다면 이 기분을 더 느끼겠지만 마냥 그러고 있을 수는 없었다. 앞에서 감염된 아이들이 계속 몰려들었다. 이 지겨운 작업을 얼마나 더 해야 할지 알 수 없었다.

"유선아. 애들 좀 정리해 줘. 아직 가야 할 길이 멀다."

압도적인 무기가 있지만 천 명 대 네 명은 버거웠다. 다행이라면 아이들을 찾아다니지 않아도 알아서 다가온다는 것이었고, 불행이라면 이미 치료가 된 아이도 다시 노렸기 때문에 그 아이들을 보호하면서 주사를 놔야 한다는 것이었다.

치료된 아이들 대다수는 영문을 몰랐다. 순간의 기억을 잃어버렸고 왜 감염이 되었는지조차 모르는 아이들이 태반이었다. 어리둥절한 아이들을 유선은 한 명씩 학교 밖으로 데리고 나갔다. 그리고 학교로 들어오는 길목에 한 명씩 아이들을 눕혀 놓았다. 상처가 있는 아이들은 이익수 의사가 가지고 약으로 소독해 주었다. 물려서 감염된 아이들은 이제야 고통을 호소하기 시작했다. 충걸의 패거리에게 당한 아이들은 머리에 부상을 입어 고통이 더 커보였다. 이유도 없이 상처받은 아이들이 고통과 불안에 떨었다. 물을 마시고 감염되었다가 이제 깨어난 아이들은 그나마 행복한 편이었다. 다른 아이가 자신을 공격하던 모습을 기억하는 아이는 치료가 끝난 후에도 서로를 쳐다보고 흠칫 놀랐다.

학교 안에서는 아직 사투가 벌어지고 있었다. 유선과 회복

된 몇 아이들이 계속 환자를 밖으로 데리고 나왔다.

상훈은 운동장에 처참하게 쓰러져 있는 효상의 시체를 보았다. 실제로 사람이 죽은 것을 본 것은 처음이다. 이익수 의사가 효상의 목을 짚어 보더니 고개를 좌우로 흔들었다. 이미 사망한 지 오래됐다는 표시다. 상훈은 큰 충격을 받았다. 결국 자신이 벌인 일이다. 효상이 물통에 약을 탄 것이지만 결국 자신이 모든 일의 원인이다. 사람을 죽게 하리라곤 생각도 하지 못했다. 다리에 힘이 풀렸다.

석영이 상훈을 일으켜 세웠다.

"빨리 한 명이라도 더 치료해야 해. 그래야 이 빌어먹을 일의 종지부를 찍을 수 있어."

의사는 운동장에서 두 구의 시체를 더 찾았다. 가슴이 꽉 막혔다. 이 아이들은 도대체 어떤 이유 때문에 죽어야 했을까? 아무도 알지 못했다. 이유가 있다면 그 이유를 저주해야 할 것이다.

왜 시동이 걸려 있는지 모를 그랜저 앞에서 또 한 명의 시신을 발견했다. 양복을 입었고 가슴에 상처가 있었다.

석영은 옥상으로 올라갔다. 옥상에 있는 아이들은 달려들지 않았다. 그저 멍하니 서 있기만 했다. 아이컨택된 아이들이라고 짐작했다. 충걸의 모습이 보였다. 그냥 얌전히 치료해 주기 싫었다. 그렇게 빈정대더니 결국 아무 생각 없는 멍한 눈으로 쳐다만 보고 있는 몰골을 조금 더 감상할까도 싶었다.

"의사 선생님. 이 주사 머리에 쏴도 되나요?"

석영은 권총 모양 주사기로 사격 자세를 취해 보았다.

"아니, 머리는 위험하다. 살 많은 곳에 놓아야 해."

석영은 충걸의 머리를 겨눈 손을 거두고 팔에 주사를 놔주었다.

현웅도 있었다. 석영은 현웅에게도 주사를 놨다. 잠시 정신을 잃고 쓰러졌던 현웅이 눈을 떴다. 투구 너머로 석영의 얼굴을 발견하고는 웃음을 터트렸다.

"드디어 왔구나. 사실 안 올 것 같다는 생각을 몇 번이나 했었어."

석영은 현웅의 손을 잡고 일으켜 세웠다.

"네 얼굴을 봐서는 도망가려고 했는데, 유선이 얼굴이 생각나서 돌아왔다."

"꼭 말을 그렇게 해야 하겠냐?" 아직 얼굴 표정이 안 지어지는지 한쪽 입꼬리만 올리며 현웅이 말했다.

"이제 거의 다 된 건가? 몇 명인지 세지를 않아서 알 수가 없네."

"창고 안에 몇 명이 있어." 현웅은 창고 쪽을 가리켰다. "아마 그 안에서 감염된 것 같아."

석영과 일행은 창고로 갔다. 문은 안에서 잠겨 있었다.

"이걸 열려면 장비가 있어야 할 것 같은데요."

소령의 눈에 운동장 가운데 있는 그랜저가 보였다.

"저거 누구 차지?"

"보좌관 차 같은데요. 시동도 걸려 있네요?"

소령은 창고 문고리에 줄을 연결해서 자동차와 묶었다. 소령이 모는 차가 속도를 내자 줄이 팽팽해지기 시작하더니 창고 문이 부서져 나갔다.

안에서 감염된 아이들과 진행요원들이 걸어 나왔다. 더위와 갈증 탓에 힘이 많이 빠진 모습이었다.

"아이들을 먼저 보호해야 할 사람들이 틀어박혀 있다가 이런 꼴이 됐군."

소령은 혼잣말인지 아니면 진행요원을 혼내는 말인지 모를 말을 중얼거리면서 주사를 놨다.

마지막까지 치료를 마쳤다고 생각한 석영은 드디어 진압복을 벗었다. 바람이 시원하게 느껴졌다. 얼굴과 온몸은 땀에 젖어 번들거렸다. 오른손을 들어 자신의 왼팔에 주사를 놨다. 따끔하고 짜릿한 느낌이 온몸에 엄습해 왔다. 소령도, 의사도, 상훈도 석영의 모습을 보고 옷을 벗고는 왼팔에 주사를 놨다.

이익수 의사는 주위를 둘러보며 말했다.

"다친 아이들은 당연히 치료해 줘야겠지만 더 걱정인 것은 아이들의 마음입니다. 다른 아이에게 공격을 받았던 아이는 물론이고 기억은 없겠지만 다른 아이를 공격한 아이가 받은 충격은 영원히 남을 겁니다. 제가 또 해야 할 일이 생겼네요. 이 아이들의 정신을 어루만져 주는 것으로 아들에게 사죄해야 할 것 같습니다."

소령은 석영에게 다가왔다.

"좀 더 빨리 어른을 믿었으면 일이 좀 적었을 거다."

"아니요. 믿을 수 있는 어른을 찾은 것뿐이죠. 처음부터 믿었으면 어찌되었을지 아무도 모르죠."

석영은 사방을 둘러보더니 소령에게 말을 걸었다.

"이제 이 사태를 수습해야죠?"

1989년 7월 30일(일요일) 14:30

방공레이더부대에서는 때아닌 족구대회가 벌어지고 있었다. 경찰 대 군인의 대결이었다. 한상식 소위가 연행해온 경찰은 모두 열두 명이었다. 한 소위는 민태영 소령에게 경찰을 모두 잡아 온 다음에 어떻게 해야 하느냐고 물어봤다. 그때 민태영 소령은 '족구나 하든지' 하고 대답했었다. 처음에는 농담이라고 생각했는데 아무것도 하지 않고 가둬 두면 반발이 심할 것 같았다. 영문도 모르고 잡혀 온 경찰들은 한 소위가 족구 대결을 제안하자 황당한 표정을 지었다. 처음에는 무장한 군인이 제안한 족구 대결에 반강제적으로 동참했으나 지금은 자기들끼리 파이팅을 외치며 즐거워하기까지 했다.

"이번에 진 팀에서 아이스크림 사는 겁니다."

한 소위의 제안에 모두가 동의했다. 모두 웃옷까지 벗어 던지고 열심이었다.

사병 하나가 막사 쪽으로 뛰어와서 한 소위에게 귓속말을 했다. 한 소위가 경찰들에게 말했다.

"이제 돌아가셔도 좋습니다. 안보에 관련된 사항이 있어서 잠시 결례를 저질렀습니다. 저희 차로 다시 근무지까지 모셔다드리겠습니다."

경찰들은 서로의 얼굴을 잠시 쳐다보았다.

"이번 아이스크림 내기만 끝내고 가자고."

한 경찰이 뒤에서 외쳤다.

1989년 7월 30일(일요일) 14:30

노영걸 의장은 더는 기다릴 수 없었다. 군부대나 경찰특공대라도 요청해서 섬에 진입해야 하는 것은 아닌가 하고 생각했다. 헌병대 막사로 뛰어들려고 하는 바로 그 순간 뒤쪽에서 요란한 사이렌 소리가 났다. 돌아보니 앰뷸런스 두 대가 빠른 속도로 달려오고 있었다.

그러고는 안면교를 무사 통과해서 섬으로 들어갔다. 영걸이 앰뷸런스가 지나간 자리를 바라보고 있는데 안면교에서 전조등을 밝힌 지프 한 대가 다가왔다.

지프는 정확히 영걸의 차 앞에 멈췄다. 보조석에서 소령 계급장을 단 사람이 내렸다. 그는 영걸 앞에 서더니 경례를 했다. 뒤쪽에서는 헌병들이 1호라고 써진 지프를 보고 자동으로 경례했다.

기자들이 냄새를 맡고 모여들었다. 직업적 감각이었다. 소령은 천천히 입을 열었다.

"미리 말씀드리지 못해서 죄송합니다. 여러 가지 복합적인 문제 때문에 독립 작전을 수행할 수밖에 없었습니다. 의장님의 보좌관인 이현재 씨가 어제 오후 9시경에 폭동을 획책하였습니다. 폭동의 목적은 아직 알려진 것이 없지만 시국상 북과 관련된 것이 아닌가 하는 개인적인 판단을 했고, 그와 관련된 자들이 섬에 있을 것으로 사료돼 섬을 고립시킬 수밖에 없었습니다. 이 사실이 외부에 알려지면 큰 혼란을 초래할까 봐 단 시간 내에 독립적인 작전을 수행하게 된 것입니다."

"민 소령 먼저 나에게 조용히 보고를 하고……."

의장은 말을 끊으려 했지만 민 소령은 개의치 않고 계속 말했다.

"이현재는 캠프에 참가한 아이들의 음식에 흥분제를 다량으로 투약해 아이들을 흥분 상태로 몰아넣어서 폭동의 주체로 삼으려 했습니다. 섬 전체를 혼란으로 유도함으로써 모종의 목적을 이루려고 한 것 같습니다. 다행히 노영걸 의장님의 자제분이신 충걸, 유선 남매와 여러 학생의 노력으로 폭동은 자체 진압되었지만, 충돌 과정에서 이현재는 사고사 한 것으로 판단됩니다. 많은 부상자가 발생했고 애석하게도 이현재를 포함해 네 명의 사망자와 다수의 중상자가 발생했습니다. 현재 군부대를 투입해 사고 현장을 수습하고 있습니다. 중상자와 경상자는 즉시 군부대 차량과 투입된 앰뷸런스를 이용해 병원으로 이송할 예정입니다. 진상조사단이 발족하는 대로 충실히 조사에 임할 것이며 이제 섬으로 진입하셔도 좋습니다. 이상 간략 보고를 마치겠습니다."

기자들의 폭풍 같은 질문이 쏟아졌다. 소령은 그 이외에는 한마디 말도 없이 차를 몰고 되돌아갔다. 영걸이 잡을 틈도 없었다. 정하균 하사와 분대원들은 재빨리 바리케이드를 철거하고 소령과 함께 부대로 복귀했다.

도대체 무슨 일이야? 폭동이라니? 뭣 때문에? 영걸의 머릿속은 복잡해졌다. 지체할 시간이 없었다. 영걸은 뒤로 돌아 소리쳤다.

"아직도 엠바고입니다! 조사단이 먼저 투입되고 나서 기사를 송출하시기 바랍니다. 아직 엠바고입니다!"

영걸의 목소리는 공허한 메아리가 되었다. 기자들은 단체로 대여한 승합차에 재빨리 올라타고 안면도로 달렸다. 특종을 놓칠 수 없기 때문이었다.

또 한 대의 승용차가 뒤따라 안면도로 들어갔다. 40대 후반으로 보이는 운전자는 민태영 소령을 만나면 무슨 안주에 소주를 한잔하면 좋을까 하고 생각하며 운전하고 있었다.

Outro

대전에 있는 어느 한식당. 마당도 제법 크고 한옥 건물이라 운치가 있다. 이곳 분위기와는 어울리지 않는 학생 두 명이 밥을 먹고 있었다.

"이것도 좀 더 먹어라. 서울에서 여기까지 친구가 찾아왔는데 대접할 게 별로 없네."

현웅의 어머니가 커다란 접시에 돼지고기를 삶아서 가지고 들어오셨다.

"어머니 더 안 주셔도 돼요. 많이 먹었어요."

석영은 미소로 대답했다. 어머니가 나가시자 현웅이 입을 열었다.

"조사는 다 받았어?"

"응, 뭐 조사할 게 있어야 하지. 흥분제 때문에 다들 제정신이 아니었다고 말하는데 내가 할 말이 뭐가 있어?"

"어떻게 그렇게 처리할 생각을 했어?"

"일단 고인이 된 분에게 미안하지만 희생양이 필요했어. 보좌관이 주동자는 주동자였다며? 감염된 아이들을 조종했다는 이야기를 유선이에게 들었을 때 희생양을 찾자면 그 사람이어야 한다고 생각했지."

"사정을 알고 있는 애들은 어떻게 설득했어?"

"우리 조원인 아이들은 내가 잘 설을 풀어서 회유하고, 네 이름 팔아서 협박하고. 충청도 캡이 이름을 기억한다고 했더니 다 말을 맞춰 주겠다고 하더라."

"못된 놈." 현웅은 젓가락으로 밥그릇을 두드렸다.

"그리고 상훈이의 조원이었던 애들은 약의 후유증 때문에 그런지 상훈이 하는 이야기라면 쉽게 받아들이더라고, 또 옥상에 있던 아이들은 유선이 말이라면 쉽게 받아들이고 말이지. 너무 쉽게 받아들이니까 조금 무섭기까지 했어. 그리고 충걸이 패거리는 자기들이 저지른 폭력도 있고 효상이의 죽음에도 책임이 있다고 생각해서인지 그러겠다고 했어. 그리고 진행요원들은 사실 아는 것이 별로 없어서 소령님이 보좌관의 짓이라고 뒤집어씌우니까 그런가 하고 넘어간 것 같고. 나머지 애들은 기억이 없어서 조사해도 나올 것이 없었지. 그리고 여론 때문에 그런지 학생인 우리까지 그리 강하게 조사하지는 못하더라고. 기자들이 있는 곳에서 말한 것이 먹힌 것 같아."

"소령님은?"

"아마 예편하게 되실 것 같아. 좋으신 분이었는데. 다행인

건 어차피 예편하시려고 했대. 아버지에게 들으니 군통솔 책임은 본인에게 있으니 예편한다고 하셨다나 봐."

"기자들에게 먼저 말하라고 한 것도 네 짓이라며?"

"응, 아무래도 군조사단이 나오는 것보다는 민간에 말이 퍼져서 설왕설래하는 편이 나을 것 같았거든. 그리고 결정적으로 아버지가 술을 마시고 하던 말이 생각나서 말이야. '우리에게는 북이라는 거대한 쓰레기통이 있어. 무슨 사고만 생기면 다 그쪽으로 넘기지.'"

현웅은 반찬을 뒤적거리다가 웃으며 물어보았다. "유선이랑은 어떻게 됐어?"

"간혹 연락하는 정도? 아무래도 집안 차이도 있고, 주위에서 지켜보는 눈도 있고 하니까 자주 못 만나겠더라고. 견우와 직녀 같은 사이지. 집에서는 유학 가라고 하나 봐. 다행인 점은 요즘 충걸이가 유선이의 말을 좀 듣는데. 걔도 아이컨택 당했었잖아."

현웅은 웃음을 터트렸다.

"상훈이는?"

"걔가 좀 안됐어. 충격을 많이 받은 것 같더니 걔 아버지처럼 사라졌어. 아무도 어디 갔는지 몰라. 할머니도 모른대. 걱정이 많으시던데 말이야. 연구 자료나 이런 것 싹 챙겨서 사라졌더라고. 평소에도 친구가 없는 놈이었는데……. 돌아오기를 바라야지."

"넌 이제 뭐 할 거야?"

"학생이 공부해야지 할 게 뭐가 있겠냐? 망할 놈의 캠프에서 정치 하나는 오지게 잘 배웠으니 정외과나 가 볼까?"

"넌 이과였잖아?"

"뭔 상관이야?"

텔레비전에서는 뉴스가 흘러나오고 있었다.

"한편 안면도 일대에서는 광견병으로 의심되는 사례가 늘고 있다는 소식입니다. 보건부에서는 애완견에 대한 예방접종을 철저히 해 달라고 당부했습니다. 신종 광견병으로 의심되는 증상으로는 개의 눈이 붉어지며……."

난 인형술사, 네 줄을 조종하는 사람이지.

— 메탈리카(Master of Puppets 중)

저자 후기

어떤 글을 쓰고 나면, 그 의도를 알아내는 건 독자의 몫이라고 합니다.

사실 저도 독자님이 재미있게만 읽어 주시면 더 바랄 것이 없지만, 은근히 의도를 밝힐 능력이 없는지라 이렇게 후기를 남깁니다.

이 책이 말하고자 하는 바를 한 문장으로 정리하면 이렇습니다.

부모에겐 부모가 있고 자식에겐 자식이 있다.

우리는 세대를 나누지만 그건 명확히 분리된 것이 아니고 각자 자신의 시대를 살아가는 것뿐입니다. '세대가 다르니 이해할 수 없어'라고 생각하는 순간부터 정말 서로를 이해할 수 없게 됩니다. 우리 모두 인간인 만큼 서로를 이해하도록 합시다.

이 글을 쓸 때 시대와 설정에 관한 질문 몇 가지를 받았는데 그에 답하는 것으로 후기를 마치도록 하겠습니다.

1. 석영과 상훈이 사용한 주사기가 무엇인가요?

사진과 같이 생긴, 당시에 바늘 없는 주사기라고 유행하던 것입니다. 현재는 상호 감염 위험 때문에 동물에게만 사용하고 있습니다.

2. 안면도에 시일고등학교가 있나요?

당연히 없습니다. 다만 장소는 지금 안면도 자연휴양림이 있는 곳이라고 상정했습니다. 레이더부대에 대한 질문도 있었는데, 레이더 부대는 없지만 기지는 있습니다. 군편제는 다른 부대의 것을 차용했습니다. 참고로 충정훈련은 수도권 부대에서 실시하던 데모 진압훈련인데, 안면도의 부대에서도 실시한 것으로 설정했습니다.

3. 그때는 교복을 입지 않았나요?

우리나라는 1983년에 교복자율화 조치를 실시하고 중고등학교의 교복을 완전히 없앴습니다. 그런데 사복 구입에 부담이 있다는 지적에 따라, 자율적으로 교복을 입을 수 있도록 했습니다. 1989년 당시 교복 보급률은 전체 학교의 13퍼센트 정도였습니다.

4. 제목에 다른 의미가 있나요?

사건이 본격으로 일어나고 해결되는 날이 일요일이라 U2의 노래 'Sunday, Bloody Sunday'의 제목을 빌려 왔습니다. 노래에서 블러디 선데이란 1972년 북아일랜드의 시위를 진압하려고 영국 군대가 투입되면서 일어난 유혈 사태를 뜻합니다.

5. 한 학기당 대학교 등록금이 진짜 50만 원이었나요?

학교마다 다르기는 했지만 1980년대까지는 연간 100만 원 선을 유지했습니다. 1989년부터 사립대 수업료가 자율화되면서 급격히 오르기 시작했습니다.